지금 여기, 청년들의 빛나는 행복 찾기

법륜 스님의 청춘 멘토링 **방황해도
괜찮아**

법륜 지음 | **김이레** 그림

정토출판

법륜 스님의 청춘 멘토링

방황해도 괜찮아

가장 중요한 건
오늘입니다

'십 년이면 강산도 변한다'는 속담이 있어요. 이 속담은 급속도로 경제 발전이 이루어지던 4~50년 전에 딱 들어맞는 말입니다. 요즘은 어떤가요? 디지털 혁명으로 '일 년' 사이에도 많은 변화가 일어나고 있으니 십 년은 너무나 긴 시간처럼 느껴집니다. 디지털 기술이 생활과 밀접하게 접목하면서 '눈 깜짝할 사이'에 달라지고 있는 세상을 느낄 때가 많습니다. 이런 세상의 변화에 따라 사람들의 고민과 괴로움도 다양해졌습니다. 내일을 준비하는 청년들의 방황도 더 깊어지는 것 같아요.

청년들의 고민을 모은 책, 《방황해도 괜찮아》가 출간된 지 12년이 지났습니다.

이전 세대는 경험하지 못한 새로운 기술의 발달로 새로운 분야가 빠른 속도로 생겨나면서 세상이 복잡하게 변하다 보니 청년들에게도 새로운 고민이 나타났습니다. 비트코인 투자 열풍에 흔들리기도 하고, 인공지능(AI)이 발달하면서 직업 전망이 어떻게 변할지 고민하기도 합니다. 청년들의 얘기에 귀를 기울이다가 그들에게 다가온 새로운 고민을 같이 나누기 위해 책을 수정하고 보완했습니다.

청년들은 닻을 내리지 못한 배와 같습니다. 앞으로 자신이 하고 싶은 일을 찾아 취업을 하고, 결혼을 하고, 아이를 낳아 기르고, 경제적으로 안정을 찾아야 하는 청년들에게 인생의 많은 과정들이 선택으로 남아있습니다. 그래서 많은 청년들이 학업과 취업, 연애와 결혼, 인생의 성공과 사랑을 바라면서 삶의 고민을 안고 찾아옵니다.

그럼 청년들이 이런 삶의 과정을 거치고 부모님의 나이가 되면 아무 고민 없이 살아갈 수 있을까요? 아니에요, 청년들은 청년들의 고민이 있고, 기성세대는 기성세대의 고민을 안고 있어요. 시대가 변하고 삶의 형태가 변해도 인생의 고민과 괴로움은 계속됩니다. 그렇다면 우리는 왜 괴로워하는 걸까요? 나중에 행복하기 위해 지금 불행을 감수하고 있는 건 아닌가요?

과거는 이미 지나가 버렸기 때문에 지금 존재하지 않아요. 앞으로 다가올 미래도 지금 존재하지 않죠. 그렇다면 우리가 살아가는 시간은 지금 여기입니다. 행복하기 위해서 우선 지금 여기에 집중해야 합니다. 하고 싶은 일이 있거나 해야 할 일이 있다면 나중으로 미루지 말고 지금 하세요.

걱정하거나 두려워하지 말고 지금 여기 있는 자신을 긍정적으로 바라보면서 할 수 있는 만큼 하시면 됩니다. 조고각하照顧脚下! '발 밑을 보라' 고민의 원인을 다른 사람과 주변 상황으로 돌리면서 불평하지 말고 지금 여기에서 내 삶의 주인으로 한 발을 내딛는 겁니다.

우리 청년들이 내딛는 발걸음에 작은 도움이라도 되기를 바라는 마음에 《방황해도 괜찮아》 개정판을 출간합니다. 이 책을 읽는 분들은 여기 상담한 청년들의 고민을 같이 나누면서, 여러분들의 마음도 가볍게 내려놓을 수 있기를 바랍니다.

2024년 초봄 두북에서

법륜

청춘의 자전거로 달리기

    사람은 살아가면서 나이에 따라 시기마다 여러 가지 고민을 겪습니다. 유치원 아이들에게는 한글과 알파벳을 외우는 게 큰 과제죠. 초등학교에 입학하면 구구단을 외우는 게 고민입니다. 학생은 공부하는 게 고민이고, 청년은 연애나 취업으로 고민합니다. 어른이 되면 고민이 끝이 나느냐고요? 직장이나 사회생활은 물론, 집에서의 가족 관계 등 고민거리가 많습니다. 지나고 보면 사실 그때 고민하던 문제는 별것 아니었는데, 그 당시에는 알 수 없었죠.

    시기뿐 아니라 개인마다 고민은 다 다릅니다. 남의 고민을 들으면 별것 아닌 걸로 고민하는 것 같고, 내 고민은 지구가 멸망하는 것보다 더 심각하게 느껴지지요. 그러나 내 고민 역시 남이 들으면 별

것 아닌 고민이라고 생각할지도 모릅니다. 이게 바로 인생이지요.

청춘들과 만나면 "스님, 너무 괴로워요"라며 연애나 취업, 미래에 대한 고민을 털어놓습니다. 청춘들은 이런 고민을 나 혼자 겪는 일, 심각한 일로 생각하고 두렵고 절망스러워하지만, 사실 누구나 겪는 일, 간단하게 해결할 수도 있는 일입니다. 애인과 겪는 애정 문제, 상사와의 갈등이나 조직에 대한 불만 등 직장 문제, 불안한 미래에 대한 고민, 시험공부를 계속해야 할까 그만두어야 할까 등등 우리 인생에 고민거리는 끊임없이 찾아옵니다.

청춘들은 어떤 선택을 앞에 두고 이렇게 하는 게 좋을까, 저렇게 하는 게 좋을까 고민합니다. 어떤 선택을 해도 좋습니다. 중요한 점은 선택에 따른 책임을 지는 것입니다. 예를 들어 결혼을 하느냐, 안 하느냐가 중요한 문제가 아니라 결혼하겠다고 선택했다면 그에 대한 책임을 지는 게 중요합니다.

흔히들 선택만 중요시하고 그 선택에 따른 책임을 잊어버립니다. 책임 의식이 없어서 자꾸 선택의 문제 앞에서 고민만 거듭하는 것입니다. 지금 우리가 살고 있는 하루하루의 삶은 더없이 소중한 삶의 과정입니다. 도전하다 보면 때로는 실패할 수도 있습니다. 그러면 반성하면서 다시 도전하면 됩니다. 그러고도 또 실패한다면 왜 실패했는지 분석해서 연구하고 다시 새롭게 도전해 보는 겁니다.

자전거를 처음 탈 때를 떠올려 보세요. 자전거에 올라타서 누구의 도움 없이 나 혼자 달리기 위해 얼마나 많은 연습을 거쳤습니까?

넘어지고 넘어지면서 중심을 잡고 달리는 법을 배우게 되었지요. 이처럼 실패를 거듭하고 연습하면서 우리는 성숙해 갑니다. 떨어지기도 하고 다치기도 하면서 하나하나 익혀 가게 됩니다. 그 과정에서 수많은 경험이 축적됩니다.

자전거에서 넘어졌을 때 '나는 왜 넘어졌을까, 왜 안 될까?' 하며 주저앉아 있다면 이것이 곧 좌절이며 절망입니다. 좌절과 절망은 연습하지도 않고 저절로 능숙해지기를 바라는 욕심 때문에 생긴 것입니다. 안 되고 넘어져도 좌절과 절망에 사로잡힐 이유는 없습니다. 안 되는 게 곧 되는 겁니다. 안 되는 과정을 몇 번 반복하고 연습하면서 곧 되는 방법을 터득할 수 있기 때문이죠.

이 세상에 공짜로 주어지는 것은 아무것도 없습니다. 그런데 우리는 중간 과정의 연습이나 도전, 실패와 반복 과정 없이 자꾸만 결과만을 바랍니다. 그 결과가 자기 뜻대로 이루어지지 않는다고 좌절하고 절망하고 자신을 한탄하고 남을 괴롭히게 되지요. 실패를 절망이 아니라 경험으로 받아들여 연습으로 여기고 결과를 책임감 있게 인정한다면, 결과가 어떻게 되든 나에게도 좋고 남에게도 좋은 자유롭고 행복한 인생을 살 수 있습니다.

부디 실패를 두려워하지 않는 용기로 청춘을 마음껏 뛰놀기 바랍니다.

법륜

차례

두 번째 이야기

2 달콤한 연애와 쌉쌀한 이별

1

오늘과
내일 사이의
쉼표

01

성공에 집착해요

　"저는 회사 생활을 하고 있는데, 직업 특성상 돈이 많은 사람들을 많이 만나는 편입니다. 올바른 가치관이 아니라는 생각이 자꾸 드는 데도, 그 사람들이 타는 고급 외제차나 큰 집을 보면 저도 괜히 가슴이 설레고 '나도 돈을 많이 벌어서 저런 곳으로 가야겠다' 이런 생각이 계속 듭니다. 좋은 직장, 높은 지위, 명예, 부자 등 흔히 말하는 성공에 대한 집착이 놓아지지가 않습니다. 어떻게 하면 집착을 놓고 만족하며 행복하게 살 수 있을까요?"

　"젊으니까 놓아지지 않는 건 충분히 이해가 됩니다. 아무리

놓으려 해도 놓아지지가 않는데 어떻게 하면 놓느냐고 묻는다면, 저는 이렇게 얘기합니다.

'그래, 안 놓아지거든 그냥 들고 있어라.'

그러면 또 이렇게 묻습니다.

'들고 있으려니 너무 무거워요!'

그러면 또 이렇게 대답합니다.

'그러면 놔라.'

딱히 놓는 방법이 있는 게 아니에요. 본인이 그걸 갖고 싶으니까 안 놓아지는 거예요. 왜 갖고 싶을까요? 그게 좋아 보이니까요. 돈도 좋아 보이고, 권력도 좋아 보이고, 명예도 좋아 보이기 때문입니다. 그러니 머리 깎고 스님이 돼도 그게 잘 안 놓아지는 거예요. 본인의 눈에 그게 좋아 보여서 그래요. 그게 좋아 보이는 이유는 거기에 '좋음'이라는 실체가 있다고 생각하기 때문입니다. 그건 좋은 것이라고 하는 어떤 요소가 그 속에 있다고 여기기 때문입니다. 그래서 집착을 안 하려고 해도 자꾸 집착이 되는 거예요.

좋은 차나 집이 부러우면 돈 벌어서 나중에 가지면 됩니다. 그런데 저는 큰 집을 보면 우선 '아이고 청소하려면 힘들겠다' 이런 생각부터 먼저 들어요. 집이 큰 게 뭐가 좋아요? 방이 큰 집이 좋으면 학교 교실에서 자면 됩니다. 저는 환경에 대한 생각을 많이 하는데, 지구 80억 인구 모두가 한 가족에 두세 명이 살면서 그렇게 큰 집에서 살고 두세 대의 차를 가지고 다니면 지구가 안 남아날 거예요. 그러니까 그렇게 사는 모습이 사실은 다 타인의 희생 위에 사는 인생입니다. 남을 짓밟고 사는 것과 다름없습니다. 우리의 현재 법적 기준, 도덕적 기준이 이런 삶을 허용할 뿐입니다.

이것은 한국에서 도박을 하면 불법이라고 잡아가면서, 같은 행위를 라스베이거스에 가서 하면 그곳에서 세금을 내기 때문에 오락이라고 합법화하는 것과 같습니다. 만약 환경에 기준을 두면 그렇게 큰 집에 사는 건 사실 모두 범죄입니다. 지구를 생각한다면 그런 집은 모두 압수를 해서 철거시키고, 엄청난 벌금을 매겨야 합니다.

그러나 지금 세상은 가진 자 중심의 가치관을 가지고 있기 때문에 사람들은 그런 걸 자랑스러워하는 겁니다. 옛날에 출신성분으로 사회를 나눌 때는 왕이나 귀족들이 사유물을 다 가지고 전횡을 일삼았습니다. 그런데 시간이 흐르면서 그런 제도를 모두 철폐했습니다. 아버지가 왕이라고 해서 아들도 왕이 되는 건 부당하다는 생각으로 인해 신분제가 폐지된 것입니다. 그러면 아버지가 재벌이라고 해서 아들이 재벌 되는 것도 철폐되어야 합니다. 요즘 사람들은 여기에 대해서는 큰 문제의식을 갖지 못

하는데, 지위 세속은 부정하면서 왜 재물 세속은 인정합니까? 이것도 조금만 깊이 생각해보면 안 해야 합니다. 사람이 죽으면 남아 있는 재물은 모두 사회로 환원하고, 불로소득을 얻지 못하도록 제도를 만들 수 있습니다.

그런데 우리가 이런 것에 대해 깊이 생각하지 않고, 자꾸 낭비하며 사는 삶을 부러워하기 때문에 아무리 평등을 이야기하고 아무리 지구환경을 이야기해도 실제로는 개선이 이루어지지 않는 것입니다. 이는 마치 댐 건설은 반대하면서 막상 집에 와서는 물을 펑펑 쓰는 것과 같고, 원자력 발전은 반대하면서 집에 와서는 낮에도 불을 항상 켜놓고 전기를 낭비하는 것과 같습니다. 은행에서 일하는 사람이 아무리 돈을 많이 만져도 은행에 있는 돈은 자기 돈이 아니잖아요. 그런데 매일 돈을 만지면서 거기에 흑심을 품으면 그 사람은 결국 부정을 저지를 수밖에 없습니다.

현재 그런 것들을 부러워하는 것은 현실성도 없고 결국 자기 심리만 위축시키고, 또 그것이 잘 안되면 나중에 그 사람들을 욕하게 됩니다. 저는 그런 사람들을 욕하지도 말고 부러워하지도 말라고 말하고 싶어요. 자기들이 그렇게 살겠다는데 그 사람들을 욕할 것까지는 없죠. 그러나 나까지 그렇게 살겠다고 할 필요는 없지 않을까요?"

"저도 스님의 생각에 너무 공감을 하고, 평소에 그렇게 생각을 하려고 합니다. 그런데 이런 제 마음속에 있는 욕망이 떠오를 때마다 알아차리려고 하는데, 아무리 알아차리려고 해도 욕구로부터 자유로워지는 게 쉽지 않습니다. 워낙 오랫동안 이런 가치관으로 살았기 때문에 제 무의식에 강하게 박혀 있어서 빠져나오지 못하는 것일까요?"

"우리는 태어나서부터 늘 그렇게 교육받고 살았기 때문에 소비주의와 욕망에 대한 중독성이 생겼다고 볼 수 있습니다. 이미 중독이 된 상태이기 때문에 그냥 따라가기가 쉽습니다. 그런데 그런 욕망을 따르는 삶은 우선 전 인류를 생각했을 때 바람직한 일이 아니고, 내 개인적인 삶을 생각할 때도 좋은 삶이 아닙니다. 욕망을 따라가는 삶은 인생을 늘 헐떡거리면서 괴롭게 살아야 하고, 늘 열등의식을 갖게 하고, 심리적으로 위축되게 살게 합니다. 그런데 사람으로 태어나서 그렇게 살 이유가 뭐가 있을까요?

세상이 이리 변하고 저리 변해도 수행을 해서 중심을 딱 잡고 살면 괴로울 일이 없어요. 그런데 젊은이들은 체험을 아직 못한 경우가 많아요. 생각으로만 공부를 하지 실생활에서 딱 체험이 안 되니까 늘 미련이 남는 거예요. 그런데 인생을 살면서 죽을 고비를 몇 번 넘겨보면 깨닫게 돼요. '내가 참 쓸데없는 것에 대한 환상을 쫓고 살았구나. 신기루를 쫓으며 인생을 살았구나. 행복이라는 파랑새를 찾아온 산천을 헤맸는데 집에 와서 보니 바로 처마 밑에 파랑새가 있었다는 얘기처럼 행복이라는 것은 바로 여기, 내가 숨 쉬는 이 자리에 있구나.'

이걸 탁 자각하면 삶이 편안해집니다. 그렇게 편안해진 상태에서 필요하다면 지위를 가질 수도 있고, 필요하다면 재물도 가질 수가 있어요. 그것은 재물에 집착되어 있는 것과는 다릅니다. 세상에서 필요하다고 하니까 그런 지위나 돈도 필요하면 쓸 뿐입니다. 거기에 의미를 부여하며 매이지 않으니 지위나 재물을 가져도 고통이 따르지 않게 되는 겁니다.

내가 참 쓸데없는 것에 대한
환상을 쫓고 살았구나.
신기루를 쫓으며
인생을 살았구나.

02

이 길이 맞는지 자신이 없어요

　"올해 스물두 살의 휴학생입니다. 저는 사춘기를 지금 겪고 있는 것 같아요. 대학도 성적에 맞춰서 적당히 들어갔고, 대학 생활도 그냥저냥 하고 있어요. 나름대로 즐겁고 재미있게 산 것 같은데 한편으로는 허무하기도 합니다. 이런저런 일들을 성취해도 그 즐거움이 그렇게 오래가지 못해요. 제 생각에는 제가 원하는 목표가 아니라 다른 사람을 따라 목표를 세우고 살았던 것 같아요. 그래서 뭔가 하나에 집중하지 못하고 남들이 좋다는 길로 갔다가 다시 내가 원하는 길로 돌아왔다가, 다시 또 벗어났다가 돌아오기를 반복하는 것 같습니다. 어떻게 하면 제가 이리저리 방황하지 않고 중심을 잡고 살 수 있을까요?"

이는 타인의 시선이나 세상의 욕망에 맞춰 살다 보면 흔히 겪는 실수입니다.

흔히 좋은 인생, 나쁜 인생을 따집니다. 성공과 실패를 따지듯이 말이죠. 하지만 결론부터 말하자면 인생은 좋고 나쁜 게 따로 없어요. '남 보기에 좋아 보인다'라는 말을 자주 합니다. 그건 그야말로 남 보기일 뿐이죠.

요즘은 오디션 프로그램이 인기가 많죠. 초등학교 어린아이부터 어른까지 모두 '스타'를 꿈꿉니다. 유명한 연예인들은 얼마나 좋을까 부러워하는 사람이 많습니다. 그런데 정작 유명한 배우나 가수 같은 연예인 중에는 힘들고 괴로워하며 죽고 싶을 만큼 절망적으로 사는 사람이 적지 않습니다. 돈도 많이 벌고, 다른 사람들이 모두 알아주는 유명 스타인데 말이지요. 인기가 많은 연예인은 사람 많은 곳에는 거의 나갈 수가 없어요. 식당이든 영화관이든 사인을 해 달라, 사진 한 장만 찍자며 옷소매를 잡아당겨 한 발짝도 움직일 수 없는 상황이 생기기도 하지요. 그러니 움직이는 게 바로 스트레스라 집 밖에 함부로 나갈 수가 없어요. 반대로 거리에 나갔을 때 그런 일이 벌어지지 않는다면 '내 인기가 이렇게 형편없구나' 하고 좌절하면서 스트레스를 받겠지요.

남이 알아봐 주지 않는 평범함도 좋은 일이에요. 아무도 알아 보는 사람이 없으니 사는 게 얼마나 편합니까? 어느 구석에서 무 슨 일을 해도 누가 뭐라고 할 사람도 없잖아요.

다른 사람이 한창 공부를 하거나 일을 할 때 나는 재미있게 놀겠다고 마음먹는 것도 나쁘지 않습니다. 지금 노는 게 즐겁고 재미있다면 뭐가 문제겠어요. 다만 공부할 시기에 놀아 버리면 나중에 결과가 달라지겠죠. 그건 자신의 과보죠. 그런데 나중에 결과가 나오고 나서 '아, 내가 그때 왜 놀았던고!' 하면서 후회하 면 그건 잘못된 것이고, 잘못된 인생이에요.

지금은 놀고 싶어서 놀았는데 나중에 결과도 좋기를 바라면 도둑놈 심보나 마찬가지죠. 그렇게 놀기만 하고 결과가 좋기를 바라면 의도와 결과가 맞지 않기 때문에 괴로움이 생깁니다. 고 등학생 때 성적이 가장 크게 바뀌는 순간은 여름방학이 끝나자 마자 개학하고 보는 첫 시험입니다. 여름이면 날도 덥고 방학까 지 했으니까 공부하기가 싫어지죠. 그럴 때 하기 싫은 마음을 다 잡고 공부한 학생은 개학 후에 성적이 크게 오릅니다. 방학 중에 잘 놀았다 싶은 학생은 성적이 크게 떨어지거나 등수가 조금 뒤 로 밀리기 쉬워요. 여름방학을 제외하면 다른 시기에는 큰 변동 이 없어요. 누구나 열심히 하기 때문이지요. 그런데 여름에 누구 는 놀고 누구는 열심히 공부했다면 그 결과가 달라져야지 똑같으면 되겠습니까? 만약 내가 방학 때 신나게 놀았다면 개학 후에 친구보다 성적이 떨어지는 건 당연하다고 받아들여야죠. 억울해 할 일이 아닙니다.

사회에서도 마찬가지입니다. 젊은 시절 공부 대신 노는 걸 선택했습니다. 몇 년 뒤 취업해서 직장에서 월급을 받을 때 열심히 공부했던 사람이 300만 원을 받을 때 나는 100만 원을 받습니다. 그럴 때 나는 돈을 조금 덜 받아도 괜찮다고 생각해야 합니다. '젊을 때 다른 사람이 하지 못한 놀이를 나는 전부 다 해 봤는데 그 경험을 어떻게 돈으로 환산하겠어? 저 사람은 지금 300만 원을 벌고 나는 100만 원을 벌지만 나는 그때 실컷 놀았으니 괜찮아.' 이런 마음이라면 자기 삶에 대해 긍정적이라고 할 수 있습니다.

이렇게 노는 것도 낭비적으로 시간을 소모하며 노는 게 아니라 내가 행위의 주체가 되어야 합니다. 그러면 노는 것도 그냥 노는 게 아니라 놀이가 되고 공부가 됩니다. 놀더라도 생산적으로 공부하듯이 놀아야 합니다.

신기하게도 저는 몸이 아프다가도 강연만 하면 병이 싹 나아 버립니다. 왜냐하면 강연 시간이 전부 저에겐 놀이요, 공부거든요. 청춘들을 만나서 그들의 고뇌를 듣고 그들에게 제 경험을 이야기해 줄 수 있으니 좋습니다. 청춘들을 만나면서 제가 배우는

것도 많습니다. 저로서는 생각하지 못했던 여러 가지 고민을 들으며 나와 다른 세대의 고민을 알게 되고 결국 '인간'을 깊이 이해할 수 있는 기회를 얻게 됩니다. 여러분을 만나면서 사랑에 실패한 사람, 사랑을 찾는 사람, 연인과 갈등하는 사람, 결혼 생활 문제로 고민하는 사람, 결혼하지 못해서 고민인 사람, 사업에 실패해서 고민인 사람 등등 수십수백 명의 온갖 인생 이야기를 들으며 사람에 대한 이해의 폭이 넓어졌습니다. 그래서 강연 시간도 저에게는 공부라는 거죠. 가르치면서 공부하고 얻으니 얼마나 좋습니까.

결과를 위해 지금 힘겨움과 싸우는 것도, 나중에 안 좋은 결과를 맞이할지라도 지금 즐겁게 인생을 즐기는 것도 전부 자신의 선택입니다. 내가 선택했으면 그 결과에 대해 후회하지 마세요. 후회가 곧 내 인생을 실패로 만드는 겁니다. 설령 안 좋은 결과가 예측되더라도 미리 알아 버리면 긍정적으로 받아들일 수 있습니다. 봄에 새잎이 돋을 때부터 이미 가을 되면 잎이 떨어질 것을 예측해야 합니다. 봄에 새잎을 보면서 그냥 감탄만 하면 가을에 낙엽이 질 때 눈물이 나는 겁니다. 새잎이 날 때부터 이미 낙엽을 예측했다면 눈물 흘릴 일이 없겠죠.

한용운 스님의 시 〈님의 침묵〉 중에 "우리는 만날 때에 떠날 것을 염려하는 것과 같이, 떠날 때에 다시 만날 것을 믿습니다"라는 구절이 있습니다. 이해하기 쉽게 연애에 비유해서 말하자면 만날 때는 헤어질 것을 보고, 헤어질 때는 또다시 만날 것을 본다는 얘기입니다. 지금 현재만 바라보는 것이 아니라 결과를 먼저 예측하고 그에 준비하는 자세가 필요하다는 거예요.

결과를 예측할 수 있으면 내가 결과를 바꿀 수도 있습니다. 미리 준비할 시간이 충분하니까요.

결과를 위해
지금 힘겨움과 싸우는 것도,
나중에 안 좋은 결과를 맞이할지라도
지금 즐겁게 인생을 즐기는 것도
전부 자신의 선택입니다.
내가 선택했으면
그 결과에 대해 후회하지 마세요.
후회가 곧 내 인생을
실패로 만드는 겁니다.

03

스펙, 스펙! 해야 할 일이 너무 많아

취업을 앞둔 청춘들은 스펙 쌓기가 가장 큰 고민이라고 말합니다. 직장을 구하려면 학벌은 물론이고 학점 관리도 잘해야 하고 토익 점수 등 외국어 실력도 월등해야 하고 자원봉사나 인턴 같은 경력 관리까지, 해야 할 일이 너무 많습니다.

"지금 대학생회에서 활동하는데 부족한 게 많고 배워야 할 것이나 공부할 것들이 생깁니다. 국제 자원 활동 분야에서 일하는 특성상 세계정세도 공부해야 하고, 영어도 능숙하게 해야 할 것 같아요. 유튜브나 SNS상의 핫한 이슈나 트렌드도 빨리 따라

가야 할 것 같고요. 활동에 필요하니까 빨리 배워야 하겠다는 생각은 있는데, 뒤처질 것 같은 초조한 마음이 먼저 들더라고요. 그래서 어떤 마음으로 받아들이고 배워 나가야 할지 답을 구하고 싶습니다."

배우고 공부하는 일은 분명히 좋은 것입니다. 다만 지금 자기가 할 수 있는 일과 해야 하는 일 사이의 간격은 생각해 봐야 합니다. 내가 할 수 있는 것하고 해야 한다는 것은 전혀 다른 문제입니다. 목표를 위해 무엇무엇을 해야 한다는 것은 모두 욕심입니다. 내 능력보다 더 많이 해야 한다고 세운 목표부터가 욕심이죠. 욕심이 많으면 초조하고 조급해지기 마련입니다.

무엇보다 먼저 자신이 소망하는 일을 이루려면 욕심을 버려야 합니다. 욕심을 버리라는 말에 대해 '무엇이든 하겠다는 생각을 버려라'라고 오해하면 곤란합니다. 욕심을 버리라는 뜻은 능력만큼 하라는 거예요.

현재 내가 할 수 있는 능력보다 두 배를 정해 놓고 이루려고 한다면 그만큼 더 노력해야 합니다. 남들과 똑같이 생활해서는 이룰 수 없죠. 다른 사람들이 놀 때 안 놀고, 다른 사람보다 상대적으로 많은 양의 노력을 기울여야 합니다. 생각처럼 쉬운 일도 아니고 실천에 옮기기란 더욱 어렵습니다. 그런데 노력은 하지 않고 머릿속으로 해야 한다는 생각만 하면 어떨까요? 마음만 불

안하고 초조해집니다. 그럴수록 노력에 집중하기 어려워지죠.

또한 아무리 능력이 뛰어나도 이 세상에 있는 모든 것을 다 알고 배우는 일은 불가능합니다. 그러니까 자기 스스로 역량을 몇 가지로 정리해서 정해 놓고 그 역량 안에서 최선을 다하는 거예요. 쉬운 예로 저에게 많은 강연 요청이 들어오는데 365일을 다녀도 다 해 줄 수는 없습니다. 제3세계 돕기 운동 역시 전부는 할 수 없습니다. 그런데 재미있는 점은 하나하나는 365일을 해도 다 못 한다고 하면서 굵직굵직한 사업을 대여섯 개나 진행하고 있다는 겁니다. 요령은 할 수 있는 만큼 하는 거예요. 욕심을 앞세우는 게 아니라 요청이 들어오고 나에게 사명을 주니까 내 온 힘을 들여서 일하는 겁니다.

"하는 데까지 하세요. 인터넷을 배우고 싶으면 배우고, 국제 정세에 대해 알고 싶으면 그 부분을 공부하세요. 하루에 몇 시간 자요?"

"다섯 시간 정도 잡니다."

"한 시간만 줄이면 충분하겠네요."

나에게 필요한 공부거리가 많아서 배우는 데 시간을 투자해야겠다면 밥 먹는 시간을 줄이고 친구하고 노는 시간을 줄여야죠. 그렇다고 친구들과 안 만나고 살 수는 없으니 작은 방법을 이용합시다. 친구하고 술 한잔을 해야 한다면 국제 정세 토론 자리로 만드는 겁니다. 한 자리에서 술도 마시고 친구를 만나 스트레스도 풀고 국제 정세 토론으로 공부도 겸하며 일석삼조 효과를 톡톡히 노리는 거죠.

그게 되겠느냐고요? 아니, 술자리 따로 있고 국제 정세 토론하는 자리가 따로 있을 필요가 뭐가 있어요. 관심사가 무엇이냐에 따라 사람들이 이런 자리를 원하면 이런 일을 하고, 저런 자리를 원하면 그 일을 하면 됩니다. 미리부터 이 일과 저 일은 전혀다르다고 나누고 각각 따로 해야 할 일이라고 생각하지 마세요.

지금 목표로 세운 일을 이루지 못해서 초조한 이유는 욕심 때문입니다. 이때의 욕심이란 뭔가 하고 싶다는 욕구나 갈망을 뜻하는 것이 아닙니다. 하고 싶은 일이 전부 욕심은 아닙니다. 내가할 수 있는 능력보다 원하는 게 더 많으면 자신의 능력을 키워야하는데 능력은 안 키우고 생각만 자꾸 앞서가는 것이 욕심입니다. 해야 한다고 생각하면 그 간격이 커지니까 자꾸 불안하고 초조해집니다.

국제 정세나 온라인 트렌드 등을 배워야겠다고 마음먹었다면 완성 날짜를 정하지 말고 틈나는 대로 공부하세요. 영어 공부도 계속하면 좋죠. 저 역시 영어를 조금 잘하면 좋겠다고 생각할때가 종종 있습니다. 외국에 나가면 저 혼자 의사소통을 할 수 없으니 영어 잘하는 사람에게 도움을 받습니다. 도움을 얻었으니

저 역시 돈을 주거나 내 재주로 그 사람을 도와줍니다. 정토회 가족분들이나 제 법문을 듣고 도움을 얻은 분들이 주로 도와줍니다. 제 부족한 영어 실력을 예로 든 이유는 모든 일을 나 혼자 해야 하는 건 아니라는 말을 하고 싶어서입니다.

내 힘으로 부족한 일, 내가 못 하는 일은 남에게 도움을 받아야 해요. 내게 도움을 준 사람에게 나도 다른 방법으로 갚을 수 있습니다. 우리는 혼자 사는 게 아니라 함께 살아가는 사람들이니까요.

하고 싶은 일이
전부 욕심은 아닙니다.
내가 할 수 있는 능력보다
원하는 게 더 많으면
자신의 능력을 키워야 하는데
능력은 안 키우고
생각만 자꾸 앞서가는 것이
욕심입니다.

04

취업, 이상과 현실의 괴리

"스무 살 때 대학에 합격했는데, 예술 전공의 특성상 상위 몇 사람을 제외하면 미래가 불안해서 중간에 그만뒀어요. 그 뒤로 중소기업에 다니면서 다시 공부를 시작했습니다. 일을 해 보니 중소기업은 연봉도 굉장히 적고 멀티플레이를 요구하더라고요. 그래서 공부를 더 해 나의 가치를 높여야겠다는 생각이 들었어요. 지금은 심리학을 공부하고 있습니다."

"본인이 필요하다고 느끼고 공부를 다시 시작했으니 굉장히 열심히 할 것 같네요."

"불평불만을 하는 건 아니에요. 심리학이라는 학문을 공부해 보니 대학만 졸업해서는 부족한 것투성이예요. 심리학 전공을 살리려면 석사 학위가 거의 필수적이에요. 몰랐던 일은 아니지만 남들보다 뒤늦게 시작한 저로서는 서른 살이 넘어가는 나이도 부담스럽고 대학원의 무거운 학비도 난제에 가까웠어요. 결국 현실과 타협을 하자 싶은 마음에 취업하려고 마음먹었어요."

"네, 그런데요?"

"제가 일하고 싶은 기업이 있습니다. 제가 입사하고 싶어 하는 기업이라면 남들도 선호하는 좋은 직장이겠죠. 취업을 준비해 보니 진심으로 그 회사에 들어가고 싶은데 제 발목을 잡는 게 너무 많아요."

"다른 사람도 선호하는 기업이라면 대기업이겠군요."

"네, 큰 회사죠. 제가 그다지 좋은 학벌도 아니고, 그 흔한 백이 하나 있는 것도 아니고, 요즘 대학생이라면 누구나 거친다는 어학연수를 다녀온 것도 아니고, 영어 공부를 열심히 해서 어학 점수가 높은 것도 아니에요. 제 이상과 현실 사이의 괴리가 뼈저리게 느껴진다고 할까요? 밤에 자리에 누워 곰곰이 생각하면 내가 노력하면 그까짓 것 못 들어가겠느냐 싶다가도 아침이면 나보다 나이 어리고 똑똑한 아이들이 수두룩한데 과연 내 자리가 있을까 회의적인 생각이 들어요."

"불안하고 초조한 심정이라 이거죠?"

"밤에 잠을 못 잘 정도예요. 제 또래 친구들은 사회생활을 이미 시작한 경우가 많은데 입사 전에 취업 원서를 70장을 썼다는 둥 80장을 썼다는 둥 이야기하거든요. 너무 가고 싶은 회사지만 내 위치가 여기까지밖에 되지 않으니까 그냥 포기를 해야 할까 싶은 마음도 있어요. 한편으로는 너무 들어가고 싶은 회사니까 꼭 해 보자 하는 마음도 있고요. 제 마음이지만 도대체 갈피를 잡을 수가 없어요. 어떻게 하면 자격지심이나 불안감을 떨쳐 버리고 '그래, 할 수 있어' 하는 생각으로 긍정적으로 취업 준비를 할 수 있을까요?"

미래에 대한 불안과 그에 따른 초조함은 이 시대 청년들이 공통으로 느끼는 심리입니다. 고민을 이야기한 이분은 위로해 드려야 할 분이에요. 하지만 위로한다고 인생이 특별히 변하는 것이 없잖아요? 마음은 아프지만 직설적으로 그냥 따끔하게 답변을 하겠습니다.

"지금 그런 수준으로는 아무것도 못 합니다."

이 말은 분명 듣기 좋은 말이 아닙니다. 더구나 오해의 소지가 가득한 말이기도 하죠. 제가 말한 '그런 수준'이란 학력이나 재능, 경력이 부족하다는 뜻이 아니니 오해는 하지 마시길 바랍니다. 이렇게 마음이 약하고 본인 스스로 우왕좌왕하는 마음으로는 어떤 일도 이루기 어렵다는 뜻입니다.

비유하자면 마치 가을바람에 떠도는 낙엽과도 같습니다. 가을이면 찬바람을 따라 낙엽이 하늘로 올라갔다가 또 땅으로 내려갔다가 하면서 이쪽저쪽으로 휩쓸리며 날아다닙니다. 낙엽이 저 홀로 높이 솟았다가 이리저리 움직이는 것 같지만, 바람이 불면 어느 개울에 떨어질지도 모르는 게 낙엽의 신세죠. 이와 같이 이리저리 흔들리는 인생은 바람에 휘날려 다니며 죽을 때까지 방황만 하다가 결국은 생을 마감하게 됩니다.

한 선사가 남긴 이야기를 하나 소개할까 합니다. 어느 스님이 《법화경(法華經)》이 좋다는 말을 듣고 《법화경》을 3000번 읽었습니다. 그리고 《법화경》을 등에 메고 다녔어요. 그러던 어느 날 혜능이라는 선승이 글자도 모르고 경도 모르지만 깨달음을 얻었다는 소문을 듣습니다. 스님은 '글도 모르고 경도 모르는데 어떻게 깨달음을 얻을 수 있겠는가. 그런 미친놈이 있느냐. 내가 가서 혼내 줘야겠다'라며 《법화경》을 메고 혜능 선사를 찾아갑니다.

찾아갔으니까 인사를 해야 하는데 마음속에 아만(我慢)이 있으니까 절을 해도 머리가 땅에 닿지 않았습니다. 그 모습을 보던 선사가 "고개 숙이기가 싫어 이마가 바닥에 안 붙는 것을 보니 네 마음속에 필시 아만이 있구나. 먼저 내어놓아라"라고 말했습니다. 그러고는 네가 무엇을 익혀 나를 찾아왔느냐고 물었습니다. 그러자 스님이 "제가《법화경》을 3000번 읽었습니다"라고 자랑삼아 대답했습니다.

선사가 다시 "네가《법화경》을 3000번 읽었다면《법화경》의 대의(大義)가 무엇인지도 알겠구나"라고 했습니다. 그랬더니 이 사람이 "잘 모르겠습니다"라고 고백했습니다. 사실 선사를 찾아 간 데는 아무것도 모르는 것이 아는 체한다며 깨우쳐 주려는 심 정도 있었지만 3000번이나 읽어도 뜻을 잘 모르겠으니까 큰 스 승에게 묻고자 했던 이중적인 마음도 숨어 있었던 것입니다.

그러니까 선사가 "나는 글자도 모르고 경을 읽어 본 적이 없 으니 네가 한번 읽어 봐라"라고 했습니다. 3000번을 읽었으니 경을 줄줄 외우고 있었죠. 가만히 듣던 선사가 "그만해라.《법화 경》의 대의(大義)는 이런 것이다" 하면서《법화경》의 뜻을 풀어 주었습니다. 선사의 풀이를 듣고《법화경》의 대의를 이해한 이 스님이 크게 감동하고 마음의 문을 열었다는 이야기입니다. 그 때 선사가 이 스님에게 한 이야기는 이런 것입니다.

"지금까지는 네가《법화경》에 굴림을 당했는데 이후로는《법 화경》을 굴리는 사람이 되어라."

《법화경》을 3000번이나 읽었다고 하지만 지금까지는《법화 경》의 종노릇을 한 것에 지나지 않습니다. 굴리라는 말을 해석하 면 더 쉽게 이해할 수 있습니다. 입으로 외우고 실제로 행동하면 이것이 곧 경의 주인이 되는 것입니다. 그러나 입으로는 외워도 실행하지 못하면 오히려 경에 굴림을 당하는 사람이라는 뜻이죠. 그러니 앞으로는 '네가 《법화경》을 굴리는 사람이 되어라'라는 말이에요. 우리 식으로 말하면 '네가 스스로 주인이 되어라'라는 말입니다. 또 다른 말로 표현하면 '세상에 굴림을 당하는 존재가 되지 말고 세상을 굴리는 존재가 되어라'라는 뜻과도 통합니다.

우리는 세상에 굴림을 당하는 존재들입니다. 늘 남을 쳐다보고 남이 어떻게 하는지 그것에 따라서 정신없이 살아가는 존재들입니다. 앞에서 비유한 가을 낙엽과도 같이 말입니다. 그러지 말고 내가 스스로 세상을 굴리는 자가 되어 살아야 합니다.

세상을 굴리는 방법이란 크게 어렵지 않습니다. 세상의 잣대가 어떻든 세상이 어떻게 흐르든 나만의 관점으로 옳고 그름을 판단하는 눈이 있어야 합니다. 남들이 전부 자동차를 산다고 나 역시 돈이 있으니 남들 따라 무조건 자동차를 사는 건 옳지 않습니다. 내가 생각을 해 보니 '집이 가까우니 걸어 다니면 건강에도 좋고, 에너지도 절약되고, 기름값이나 차량 유지비가 안 들어가니까 돈도 절약되고, 석유를 안 쓰고 온실가스도 배출을 안 하니 지구 환경 보전도 되네. 나는 차 살 돈으로 다른 걸 하고 자동차 없이 살겠어.' 이렇게 자기만의 지조를 세우고 실천하는 겁니다. 자동차 한 대를 운행하지 않으면서 얻어지는 이익이 얼마나 많습니까? 건강부터 호주머니 사정과 환경문제까지, 일거삼득인 셈이죠. 그래서 '나는 차를 사기보다는 걸어 다니는 걸 택했습니다' 하는 지조가 있어야 합니다.

질문자는 남들 따라 이럴까 저럴까 번민합니다. 꿈을 향해서 도전하자니 제약이 많다고 하고, 포기하자니 꿈이 아깝다고 호소했죠. 그런데 아직 새파란 이십 대 청춘이 벌써 이렇게 비굴해져서 이리저리 세태 눈치를 보면서 살아서야 어떻게 하겠습니까?

이분과 비슷하게 현실과 이상 사이의 괴리감에 고통받는 청년들이 적지 않을 겁니다. 우리가 사는 지금, 삶의 방향이 잘못되었다는 반성이 들지 않습니까? 취업을 준비하는 사람 대부분, 거의 90퍼센트 이상이 대기업만 기대하는데 중소기업에 취직하는 것도 현실적으로 나쁜 방법이 아닙니다. 규모가 작은 회사이기 때문에 장점도 여러 가지 있습니다. 혼자서 여러 가지 일을 할 수 있죠. 영업, 홍보, 회계 등 회사에서 필요한 실무를 돌아가며 배울 수 있습니다. 나중에 창업하게 되면 귀한 경험을 익힌 셈이라 매우 유리합니다.

큰 회사에 입사하면 기계 부속품처럼 아주 작은 한 부분의 역할밖에 할 수 없습니다. 큰 회사에서 명퇴 등으로 퇴사하면 할 수 있는 게 아무것도 없다고 호소하는 사람을 여럿 보았습니다. 그 회사의 부속으로 있을 때는 기능을 했는데, 회사에서 나오니까

쓸모가 하나도 없다는 겁니다.

　우리 인생은 꼭 어떤 것이 좋고, 어떤 것은 나쁘다는 절대 가
치가 있는 것이 아닙니다. 그러므로 이십 대 때는 친구들과 어울

려서 새로운 것들을 창조해 보는 것도 좋습니다. 경험 부족으로 실패할 수도 있습니다. 하지만 실패는 성공의 어머니입니다. 창업이 어렵다면 작은 중소기업에서 일하면서 경험과 노하우를 쌓

고 그 뒤에 다시 도전을 해 볼 수 있습니다. 어떻게 보느냐에 따라 기회는 여러분 앞에 다가옵니다.

무엇보다 여러분에게 필요한 것은 공부입니다. 이 공부란 학문을 터득하는 순수한 의미의 공부는 아닙니다. 심리학을 공부하고 있다는 이야기의 주인공에게도 다른 관점에서 새롭게 보라고 권하고 싶습니다. 무슨 일을 하든지 그 일을 하는 인간의 심리가 어떤지를 잘 살피는 것이 성공 확률을 높입니다. 인간관계도 연애도 친구를 사귀는 일도 조직 생활도 인간의 마음이 움직이는 향방을 파악하고 깨달으며 연구하는 모든 것이 우리에게 공부입니다. 사건 하나를 바라보면서도 원인의 원인을 찾습니다. 원인을 찾다 보면 다음 문제가 나오기도 합니다. 그러면 집요하게 원인과 원인의 원인을 규명해 나가는 것이 바로 우리가 해 나가야 할 공부입니다.

사회 문제든 국제 정세든 지구 환경 보호든 우리 주변에 관심을 두고 연구해야 할 과제는 수없이 많습니다. 이십 대 청춘에 걸맞게 하나하나 연구해 나가야지 무슨 무슨 스펙을 갖췄다고 능사는 아닙니다. 단적으로 영어 시험 점수가 조금 높다고, 영어를 잘한다고 바로 취직이 잘 되나요? 영어가 필요한 것은 맞지만 영어가 전부는 아니에요. 그보다 중요한 것은 바로 자기 두 발로 딛고 두 눈으로 보고 세상을 살아가는 자세입니다. 그렇게 되기 위해서는 지식이든 학문이든 자기 것이 돼야 해요.

우리가 아는 지식이라는 것은 절대 가치로 믿을 게 못 됩니다. 지식이나 학문을 자기 것으로 만들기 위해서는 우리가 하는 공부가 살아 있어야 합니다. 실제로 일어나는 일을 연구해서 만들어 가야 한다는 말입니다. 심리학 공부를 예로 들어 보죠.

연애하면서 때로는 상대가 왜 나에게 화를 내는지 의아할 때가 있습니다. 때로는 좋아하던 상대에 대해서 실망하는 경우도 있습니다. 밤이면 내가 잘 하는 걸까 의문에 빠졌다가 아침에는 언제 그랬느냐는 듯 내 생각이 옳았다는 확신을 얻게 될 때도 있습니다. 이렇게 인간의 심리는 시시때때로 변하고 달라집니다. 이 변화가 바로 인간의 심리죠. 그러니 심리학이란 다른 멀리서 예제를 찾을 게 아니라 내 마음이 왜 하룻밤 새 변하는지, 왜 좋아하던 상대가 갑자기 싫어졌는지 내 심리부터 연구하는 게 좋겠죠. 내 심리를 연구하고 그 결과를 토대로 다른 사람에게 적용해 보면 상대의 마음을 이해할 수 있겠죠. 이 주제로 글을 쓰면 새로운 연구 결과로 박사가 될 수 있습니다.

남 따라서 얼떨결에 그냥 물길 흐르는 대로 홍수에 나무토막 휩쓸리듯 인생을 살면 안 됩니다. 홍수로 격류에 휩쓸렸다가 구사일생으로 살아난 사람들의 이야기를 들어 보면 나무뿌리라도 손에 쥐고 기둥처럼 단단히 붙잡고 있었다는 말을 합니다. 쉽기로는 그냥 물결에 떠밀려 가는 편이 더 쉽겠죠. 하지만 그것은 그냥 부평초 같은 인생이라고 말합니다.

어떻게 하면 자격지심을 버리고 긍정적인 마음으로 취업 준비를 할 수 있느냐고 묻는 질문에 저는 "그런 식으로 하면 될 일도 안 됩니다"라고 독설에 가까운 답변을 주었습니다. 이렇게 독설을 하는 이유는 내 꿈을 밥벌이로 생각하고 공부도 필요해서 하는 게 아니라 의무로 억지로 하니 답답한 마음이 들기 때문입니다.

문제는 개인의 자세에서 오는 것도 있고 제도적 모순에서 오는 것도 있습니다. 내 동료나 친구를 밟고 올라가 꼭대기를 차지해야 하는 사회 시스템 속에서 우리는 살고 있습니다. 학벌이나 스펙을 쌓겠다는 것도 이런 사회 구조에서 살아남기 위해 남들 따라 나도 해야 할 일로 생각한 것이죠. 그렇다면 내가 만약 자격증을 두 개 땄다고 가정해 봅시다. 그런데 누군가는 세 개를 땄다면 그 사람이 올라가겠죠. 내가 네 개를 따면 다른 사람은 다섯 개를 따야 올라갈 테고요. 유학을 다녀오고 박사 학위를 따도 해결되지 않습니다. 이 경쟁 구조가 계속되는 한 하나님이 와도 부처님이 와도 해결할 수 없습니다.

결국 여러분이 원하고 남들이 선망하는 직업은, 이를테면 돈도 많이 벌고 폼도 나고 일도 쉬운 그런 직업은 열 명 중 한두 명밖에 갈 수 없는 자리예요. 그 자리를 위해 수천 명의 사람이 무한 경쟁 속에서 남들처럼 똑같이 살아가는 것이죠.

물론 그 경쟁 속에서 얻는 것도 있습니다. 열심히 취업 준비를 한 덕분에 영어도 잘하고 다른 외국어까지 공부해서 3개 국어에 능통해집니다. 이런 일은 취업이 아니라도 결과적으로 나에게 좋은 일입니다. 우리가 세상을 살아가는 데 상식적으로 필요한 공부들이 있습니다. 그 공부는 등수나 학벌과 관계없이 공부해야 해요. 반드시 필요하니까 말이죠. 그런데 목표를 잃고 등수나 학벌에만 매달려서 살면 결국은 열등의식 속에서 살아야합니다. 그러지 않으려면 삶에 적극적으로 임하는 것이 좋습니다. 마음가짐을 이렇게 먹고 길게 보는 안목으로 공부해야 합니다. 한마디로 정신 똑바로 차리고 살라는 뜻입니다. 아침에 일어나면 마음이 이리저리 왔다 갔다 하는 것도 결국 인생에 중심을못 잡아서 그렇습니다.

정신이 건강해야 삶에도 긍정적인 기운이 생깁니다. 이십 대청춘이 겨울철 추위에 덜덜 떨듯이 인생을 살면 희망이 없습니다. 우리가 움츠러들 이유가 뭐가 있나요? 한 명 한 명 귀하고 귀한 자식인데. 여러분들이 뭐가 못났다고 움츠러듭니까? 지금 당장 굽어진 어깨를 활짝 펴세요. 그리고 크게 소리를 지르세요. 긍정의 힘이 내 온몸으로 퍼질 겁니다.

내가 스스로
세상을 굴리는 자가 되어 살아야 합니다.
세상의 잣대가 어떻든
세상이 어떻게 흐르든
나만의 관점으로
옳고 그름을 판단하는 눈이
있어야 합니다.

05

예술가로서 어떻게 성공할 수 있을까요?

"그냥 재미로 그림을 그리세요."

미술을 전공하는 학생이 성공에 대한 조바심과 불쑥불쑥 찾아오는 미래에 대한 불안감을 어떻게 다스려야 할지 모르겠다며 "어떻게 그림을 그려야 성공할까요?"라고 묻는 말에 제가 한 답변입니다.

우리 사회는 '빨리빨리' 문화에 익숙합니다. 이 학생 역시 빨리 배워서 잘해야 한다는 조바심에 사로잡혀 있었습니다. '예술가로서 이렇게 살아야 한다', '지금 하는 일은 내가 하는 미술 작업에 도움이 될 것이다' 등과 같은 생각에 빠진 것이죠.

우리의 마음속에는 '내가 하는 일에 꼭 성공해야겠다'라는 욕심이 숨어 있습니다. 그런데 예술에서 과연 어떤 게 성공일까요? 예술에는 성공도 실패도 없습니다. 예술은 자기가 부르고 싶은 노래를 부르든, 쓰고 싶은 글을 쓰든, 그리고 싶은 그림을 그리든 자기가 원하고 꿈꾸던 것이 그냥 자연스럽게 흘러나오는 것입니다.

세상의 잣대로는 많은 사람이 공감해 주면 성공이라고 하고 공감하는 사람이 적으면 실패라고 평가하지요. 그렇지만 많은 사람이 공감했다고 그게 성공일까요? 다수의 공감을 얻은 것이니 그냥 '나와 비슷한 인간이 좀 많구나!'일 뿐이죠. 공감하는 사람이 적다면 비슷한 생각을 하는 사람이 소수일 뿐이에요. 그래서 예술에는 성공이나 실패가 없습니다.

예술가 중에는 밥만 겨우 먹을 수 있어도 내가 하고 싶은 작품만 하면서 살고 싶다는 사람이 있을 겁니다. 반대로 겨우 입에 풀칠하는 정도로는 참을 수 없다며 직장을 다니면서 틈틈이 음악을 하거나 글을 쓰거나 그림을 그리는 사람도 있겠죠. 이렇게 예술 활동과 생활 전선을 병행하면서 얻는 교훈도 있을 겁니다.

저도 젊었을 때 기존의 불교에 대한 개혁을 중요하게 생각했습니다. 어느 날은 노스님 한 분을 만나게 됐습니다. 저는 노스님께 한국 불교는 전부 썩어 빠졌다고 조목조목 따지며 목소리를 높였습니다. 한참 동안 제 말을 듣던 스님이 답하셨습니다.

"여보게! 어떤 사람이 마음을 청정히 하고 논두렁 아래에 앉아 있으면 그 사람이 바로 중일세. 그곳이 절이고 그게 불교라네."

그 말을 듣는 순간 제가 가지고 있던 환상이 와르르 깨졌습니다. 그때까지 저는 승려란 머리 깎고 승복을 갖춰 입은 사람이고, 절은 산속 기와집이며, 그것이 곧 불교라는 고정관념에 사로잡혀 있었던 겁니다. 불교가 아닌 것을 불교라고 착각하고는 이게 틀렸고, 이것도 문제이고, 저것도 고쳐야 한다며 주장했던 거예요. '허공의 헛꽃을 꺾으려는 것'과 같은 어리석은 행동을 한 것이었지요. 노스님의 말씀에 깨달음을 얻고 그때부터 나부터 먼저 바르게 살고 바른 불교를 해 보자 마음먹고 시작한 일이 바로 정토회입니다.

물론 그동안 어려움도 적지 않았습니다. 처음 시작할 때로 거슬러 올라가 보면, 10평도 안 되는 작은 사무실을 얻어 그 노스님을 모시고 개원식을 했습니다. 노스님 명성 덕분인지 첫날 30여 명이 찾아와 좁은 방을 꽉 채웠습니다. 다음 날이 되자 세 명이 남더군요. 제가 강의를 시작하니까 두 명이 가 버리고 딱 한 명이 남았습니다.

단 한 명뿐이었지만 본래 계획했던 프로그램이 3개월 예정이었기에 3개월 동안 그 한 명을 100명의 청중이라고 생각하고 열

심히 강의했습니다. 3개월 과정이 끝나고 다시 새로운 3개월 과정을 시작하자 그 한 명이 다섯 명을 데리고 왔어요. 그게 정토회의 시초였습니다.

다른 사람들은 지금의 정토회 모습만 보고 쉽게 금방 이룬 것처럼 생각하기 쉽지만, 그렇지 않습니다. 하지만 그런 어려운 시기가 있었기에 지금 훨씬 안정적인 기반을 만들었다는 것만은 말씀드리고 싶습니다. 만약 하루아침에 쉽게 얻었으면 그만큼 쉽게 허물어졌을 것이 분명합니다.

제가 기존의 불교에 대한 집착을 버리고 그냥 바른 불교를 행했던 것처럼 '어떻게 그림을 그려야 성공할까?'라는 고민은 생각할 필요도 없는 고민이에요. 그냥 그림을 그리면 됩니다. 정말 그림이 좋다면, 먹고사는 일과 별개로 그림을 계속 그리면 됩니다. 처음에는 나만의 세계가 쉽게 만들어지지 않으니까 남의 그림을 베껴도 보고, 피카소나 이중섭 같은 유명한 작가들의 작품을 내 마음대로 섞어도 보면서 이리저리 실험을 거듭해야겠죠. 남에게 보여 주거나 판매하는 그림이 아니니까 욕먹을 걱정도 할 필요 없고요.

모방은 창조의 어머니라고 하지요. 명작은 하나같이 작가들의 독특한 정신세계를 구현하고 있습니다. 이런 작품들을 모방하면서 습작기에 필요한 기술이나 안목을 배우게 됩니다. 그러다 보면 자연스럽게 어느 날 나만의 독특함이 창조적으로 튀어나옵니다.

그 원리는 이렇습니다. 한 30여 명의 작품을 복사하듯이 따라 그리다 보니 이것저것 뒤섞여 버리는 겁니다. 섞다 보니 헷갈리기도 하고 뭔가 어려워져서 영 엉뚱한 게 나와 버립니다. 생전 보지 못한 새로운 그림 세계가 나오는 거죠. 그게 바로 창조 아니겠어요? 이것저것 그리면서 섞게 되고 뒤섞여서 새로운 결과물이 나옵니다. 처음부터 내 마음대로 내 멋대로 하면 그 결과물은 창조가 아니라 혼돈이 되기 쉽습니다. 예술가를 꿈꾼다면 초창기에는 남의 작품을 모방하는 것도 결코 두려워할 이유가 없어요. 그 작품에 대한 평가는 내가 하는 게 아니라 다른 사람들이 합니다. 동시대에 평가되기도 하고, 또 멀거나 가까운 미래에 평가되기도 합니다.

"사람들이 나를 좋게 평가하게 해 주세요."

이 소원은 당연한 것 같지만 바람직하지 않습니다. 다른 사람들더러 나를 좋게 평가하라는 강요로 볼 수 있어요. 이는 민주적이지도 않고 상대에 대한 존중도 없는 태도입니다.

청년들이 흔히 저지르기 쉬운 일은 생각만 하다가 시간을 다 흘려보내는 거예요. 그래서 저는 '생각하지 마라. 행동부터 해라'라고 권유합니다. 이리저리 도전하다 보면 때로는 틀리는 경우도 있습니다. 그러면 고치면 됩니다. 잘못했다면 사과하면 되고, 모르면 남에게 물으면 됩니다. 이런 자세로 도전하고 고치고 또 도전하고 실패하고 고치고 연구하고 또 도전하고……. 이렇게 계속하다 보면 절망하거나 실망할 틈도 없습니다. 오히려 계속되는 도전이 삶에 대해 늘 적극적인 자세를 길러 주지요. 자기 의도와 결과가 맞아떨어지게 삶을 살려고 적극적으로 노력하면 저절로 지혜로워질 겁니다.

지금 한순간 한순간이 내 인생입니다. 이걸 떠나서 다른 내 인생은 없습니다. 내일은 내일이고, 지금 현재가 중요합니다. 그러니 현재에 집중하세요. 우리에겐 내 삶을 온전히 행복하고 자유롭게 만들 책임이 있습니다.

저는 즉문즉설 강연을 많이 합니다. 그 강연을 듣고 제 강연이 좋다, 안 좋다 평가하는 것은 청중들의 몫입니다. 강연에 온 사람들이 듣고 좋다고 말하면 잘한 거고, 별로 안 좋았다는 말을 한다면 못한 거겠죠. 하지만 그런 평가가 나왔더라도 강연 자체가 실패라고 할 수는 없습니다. 강연에 대해 호응은 어느 부분에서 나왔고, 비판은 어느 부분에서 나왔나 참고해서 다음에는 조금 더 호응이 나오도록 개선할 수 있으니까요. 이렇게 하면 내 삶의 주인이 내가 되는 거예요.

우리가 강연에 앉아 있다고 가정하면 강연을 하는 제가 주인이고, 여러분이 객일까요? 아니면 듣는 여러분이 주인이고, 강연하는 제가 객일까요?

"아이고! 바쁜데 귀한 시간을 내서 여기 와서 이렇게 눈 초롱초롱 뜨고 열심히 제 이야기를 들어 주니 감사합니다."

강연을 하는 제가 이렇게 감동하면서 더 열심히 더 재미나게 이야기를 합니다. 시간이 어떻게 흘러가는지도 모르게 열강을 하면, 그 시간은 '내'가 주인이 됩니다.

반대로 강연을 듣는 사람 쪽에서 생각해 봅시다.

"스님이 평생 닦은 지혜를 내가 짧은 시간 동안 듣고 배울 수 있으니 정말 좋아요."

그러면서 '다섯 시간이고 열 시간이고 이야기해 주세요' 하는 마음으로 앉아 있다면 이 시간은 듣는 사람이 주인입니다.

이 말은 불교 경전에도 나오는 말입니다. 수처작주 입처개진(隨處作主 立處皆眞). 풀이하자면 "머무르는 곳마다 주인이 되어라. 지금 있는 그곳이 바로 진리의 세계이니라"라는 뜻입니다.

어떻게 하면 그림으로 성공할 수 있을까를 고민하기보다는 생각을 바꿔 보세요.

"성공이요? 저는 그런 거 몰라요. 다만 저는 그림이 좋아서 그릴 뿐이에요."

지금 한순간 한순간이 내 인생입니다.

이걸 떠나서 다른 내 인생은 없습니다.

내일은 내일이고, 지금 현재가 중요합니다.

그러니 현재에 집중하세요.

우리에겐

내 삶을 온전히 행복하고 자유롭게

만들 책임이 있습니다.

06

공부에 집중이 안 돼요

청년들과 상담을 할 때 가장 자주 듣는 고민 중의 하나는 공부가 잘 안된다며 어떻게 하면 집중할 수 있겠느냐는 겁니다.

"저는 시험을 준비하는 수험생입니다. 오랜 시간 공부하며 지내다 보니 힘든 점이 있어 스님께 질문을 드리고자 합니다. 공부하는 중간중간 무의식적으로 올라오는 부정적인 생각을 어떻게 줄일 수 있을까요?"

"부정적인 생각이라면 내가 현재 하고 있는 공부에 대한 회의에 빠진다는 뜻인가요?"

"주로 제가 과거에 실수했던 순간이나 다른 사람과 갈등하던 상황들이 자꾸 떠올라서 괴롭습니다. 또 하나는 온종일 혼자 공부하다 보면 가끔은 너무 외로워요. 그래서 친구들과 만나서 놀기도 하는데 그러고 나면 돌아와서 공부할 시간에 제대로 하지 못했다는 죄책감에 빠집니다."

"친구를 만나도 괴롭고, 아무도 만나지 않고 혼자 공부를 해도 괴롭다는 이야기죠?"

"네. 문득 외로움이 찾아올 때 어떻게 물리칠 수 있을까요?"

이 친구의 고민을 해결할 무슨 뾰족한 대책이 있을까요, 없을까요? 대답은 아무 대책이 없다는 겁니다. 이런 고민은 제게 질문을 한 사람뿐 아니라 대부분의 사람이 비슷하게 겪는 문제입니다. 대책이 없다고 그냥 내버려두고 혼자 계속 고민하라고 할수는 없고, 우리가 함께 해결할 방법을 찾아봅시다.

첫 번째 고민은 공부하는 동안 이런저런 생각이 떠오른다는 것입니다. 대부분 망상이죠. 이때는 스스로 알아차려야 합니다. '내가 지금 망상을 피우는구나' 이렇게 빨리 알아차리는 것이 중요합니다. 쓸데없는 잡념과 망상이 떠오르면 그냥 책상 앞에 무작정 앉아만 있을 것이 아니라 자리에서 벌떡 일어나세요. 세수를 해도 좋고 운동장을 한 바퀴 돌고 오는 것도 좋습니다. 떠오르는 생각에 빠져 있을 것이 아니라 빨리 환기하는 방법을 바로 행동으로 옮기고 돌아와 다시 새로운 마음으로 공부하는 것이 좋습니다.

사실 다른 해결 방법이 없어요. 무작정 머릿속에 파고들어오니 자신의 힘으로도 통제가 안 됩니다. 통제가 되면 왜 떠오르겠어요? 떠오르지 말라고 해도 그냥 저 혼자 떠오르니까 망상이죠. 문제는 떠오르는 것 자체가 아닙니다. 떠오르는 잡념이나 망상을 우리가 잡고 있는 것이 더 큰 문제입니다. 잡고 있다는 말은 지속시킨다는 뜻입니다.

그런데 망상이나 잡념이 떠오를 때 내가 먼저 떠오르는 것을 알아차리면 상황이 달라집니다. 이를테면 제 해결 방법처럼 벌떡 자리에서 일어나면 그 생각이 금방 없어집니다. 망상이나 잡념이 계속되지 않습니다. 사람은 잠자는 시간마저도 계속 끊임없이 생각을 합니다. 하지만 그 생각이 24시간 계속되는 것은 아닙니다. 뭔가 하나의 생각에 빠져 있다가 그게 지나가면 다른 생각이 떠오르고, 쭉 유지되다가 또 내려가고, 다른 생각이 끼어들 듯 떠올라 유지되다가 사라집니다. 이렇게 망상은 계속 반복됩니다.

먼저 알아차리고 그 망상에 끌려가지 않도록 연습하는 방법으로는 명상 수련 등이 있습니다. 여러분 모두 실천에 옮길 수 있는 쉽고 간단한 방법입니다.

명상 수련을 할 때는 몸을 바르게 하고 앉아 눈을 감은 다음 마음을 코끝에 집중합니다. 집중한 상태에서 숨이 들어오고 나가는 것을 스스로 확인합니다. 잡념 없이 온 신경을 코끝에 집중하면 숨이 들어올 때 '숨이 들어오는구나' 하고 느낄 수 있습니다. 처음에는 2~3분 동안 집중이 잘됩니다. 조금 지나면 다시 숨이 들어오는지 나가는지 알아차리지 못합니다. 이미 머릿속에 어떤 생각이 떠올라 나도 모르게 거기에 빠진 것이죠. 그때 포기하지 말고 다시 또 정신을 코끝에 집중해 숨을 알아차리도록 합니다.

처음부터 잘 되지는 않겠지만 계속 반복해서 연습해 보세요. 명상 수련은 머릿속에 떠오르는 생각이 없어지도록 하는 것이 아니라 머릿속 생각은 수없이 반복되어도 마음을 그 생각에 뺏기지 않고 집중하는 연습입니다. 수십수백 번 되풀이하는 동안 시행착오를 거듭하면서 처음에는 30초도 안 되어 다른 생각에 빠지던 마음을 나중에는 1분, 2분, 3분 집중하는 시간을 계속 늘려나갈 수 있습니다. 처음에는 백 번이면 백 번 모두 망상에 빠졌지만 반복되는 연습으로 백 번 중 한 번, 열 번 중 한 번, 두 번 중 한 번으로 성공을 높일 수 있어요.

이렇게 마음을 집중하는 것을 불교에서는 선정(禪定)이라고 말합니다. 한 마음으로 사물을 생각해 마음이 하나의 경지에 정지하여 흐트러짐이 없다는 뜻입니다. 마음을 집중하는 연습을

반복하면 공부할 때 망상이 떠오르더라도 곧 다시 집중할 수 있게 됩니다.

떠오르는 망상을 없애는 방법은 사실상 없습니다. 무의식의 세계로부터 수분이 증발하듯이 저절로 떠오르기 때문이죠. 다만 그것에 구애받지 않고 집중하는 방법이 있으니 그 방법을 연습해 망상이 떠오르면 차단하고 다시 집중하는 것이죠. 질문한 사람처럼 초보자는 연습이 안 된 상황이니 환경을 바꿔 주는 게 작은 도움이 될 것입니다. 꼭 망상뿐 아니라 공부 중에 잠이 쏟아지는 것도 비슷하겠죠. 처치법은 세수하거나 가볍게 산책을 하는 등 분위기를 전환해서 다시 공부하는 겁니다. 이 방법은 급한 대로 응급치료법으로 활용할 수 있습니다.

근원적인 해결 방법은 망상이 떠오르더라도 거기에 끌려가지 않는 집중법을 연습하는 것입니다. 망상은 누구나 자리에 앉으면 떠오릅니다. 그 괴로움은 저 역시 마찬가지입니다. 그러나 명상 수련을 계속 반복하면서 집중하는 방법을 체득했기 때문에 망상이 떠올라도 마음을 뺏기지는 않습니다. 뺏기더라도 금방 돌아와서 다시 집중할 수 있습니다. 오늘부터 하루 중 짧은 시간이라도 꼭 명상 수련을 실천해 보세요.

두 번째 고민이라는 외로움에 대해서도 생각해 봅시다. 외로움도 인간의 근원적인 번민 중 하나죠. 더구나 팔팔한 이십 대,

나이가 나이이니만큼 이 외로움을 어떻게 해결하겠습니까?

해결까지는 안 되겠지만 도움이 될 만한 방법으로는 크게 두 가지가 있습니다. 첫 번째 방법은 자기가 원하는 일에 몰두하는 겁니다. 나에게 진짜 급한 일이 생겼다면 예쁜 여자, 잘생긴 남자가 지나가도 눈여겨보지 않을 겁니다. 사명감이나 의무 때문에 하는 일이 아니라 내가 진짜 좋아서 미친 듯이 빠져 있는 일을 하고 있다면 텔레비전이나 영화를 보자고 꼬드기는 친구의 꾐에도 넘어가지 않지요. 한 예로 노름꾼이 노름할 때는 부인이 불러도 자리에서 일어나지 않는다는 말이 있습니다. 노름에 정신이 팔려 있으니 성난 부인의 눈빛이나 말도 머리에 들어갈 틈이 없죠. 이렇듯 자기 일에 몰두하면 다른 생각이 조금 덜 떠오릅니다. 지금 몰두가 잘 안되는 이유는 지금 하는 공부가 절실히 필요하고 원하는 일이 아니라 좋은 직장이나 학벌을 위해서 의무적으로 하는 것이기 때문입니다. 그러니 공부 중에 딴생각이 떠오르고 틈틈이 외로움이 나를 괴롭히게 되는 거죠.

외로움을 달랠 두 번째 방법은 나이에 어울리게 친구와 만나서 하고 싶은 이야기를 충분히 나누는 겁니다. 다만 돌아와서 내가 이미 행해 버린 것에 대해 후회하지는 마세요.

'오늘 오랜만에 잘 놀았다. 간만에 수다를 떠니까 스트레스도 좀 풀린 것 같네. 이제 다시 공부해야지.'

공부하다가 외로움으로 망상에 빠져 점점 어두워지는 것보다는 차라리 놀 때 화끈하게 놀고 돌아와서 다시 집중해서 공부하는 편이 백 번 현명한 길입니다. 놀고 와서 공부 안 하고 놀고 왔다는 후회로 시간을 보내는 것처럼 어리석은 일이 어디 있습니까. 그것이야말로 이중 낭비죠.

하루 10시간 공부하겠다는 각오를 세웠다고 가정합시다. 마음먹은 것처럼 몸이 움직이질 않습니다. 책상 앞에 앉아 있지만 외로워서 망상 피우는 데 3시간을 보내고 7시간 공부하는 것이나 3시간 친구 만나서 놀고 돌아와 7시간 공부하는 것이나 마찬가지예요. 결국은 시간을 어떻게 효율적으로 보내느냐의 문제죠. 책상 앞에 앉아만 있다고 그 시간 모두 공부가 되는 것은 아니잖아요.

내가 놀고 싶어서 이미 밖에 나가서 놀았다면 그것을 부정적으로 보지 마세요. 놀고 돌아와서 '아이고, 왜 놀았을까? 또 시간을 그냥 다 보냈네' 하며 자책합니다. 마치 넘어진 사람이 벌떡 일어나서 앞으로 갈 생각은 안 하고 주저앉아서 '나는 왜 넘어졌지? 또 넘어졌네' 하는 것과 마찬가지입니다. 좌절과 절망이죠.

반대로 넘어지더라도 벌떡 일어나 앞으로 가면 넘어진 것이 연습이 됩니다. '다음에는 넘어지지 말아야지' 하고 마음먹었는데도 다시 넘어지면 '세 번이나 넘어졌잖아' 하고 넘어가면 되지 결코 절망할 일이 아닙니다. 세 번 넘어졌든 열 번 넘어졌든 그

횟수는 중요하지 않습니다. 그냥 '넘어졌네. 그럼 일어나야지' 하고 간단히 생각해 버리세요. 일어나서 다시 앞으로 가다가 또 넘어지면 '또 넘어졌구나. 그럼 또 일어나야지'라고 생각하면 됩니다. 이렇게 하면 앞으로 나갈 수 있습니다. 주저앉아서 나는 세 번 넘어졌다, 열 번 넘어졌다고 셀 필요가 없습니다. 그러니 실패를 좌절과 절망으로 보지 말고 연습으로 받아들이세요.

우리가 살아가야 할 세상은 우리가 만들어야지, 아무도 만들어 주지 않습니다. 그래서 우리 한 명 한 명이 사물을 긍정적으로 보고 도전하는 마음 자세를 가져야 합니다. 우리가 살고자 하는 세상, 바람직한 세상을 힘을 합해서 함께 만들어 가는 노력을 우리는 '희망'이라고 부릅니다. 청춘들은 도전 의식이 있을 때 어떤 일을 해도 잘할 수 있습니다. 그러니 모든 사물을 좀 더 긍정적으로 보고 도전하는 자세를 잊지 마세요.

세 번 넘어졌든 열 번 넘어졌든
그 횟수는 중요하지 않습니다.
그냥 '넘어졌네. 그럼 일어나야지' 하고
간단히 생각해 버리세요.
일어나서 다시 앞으로 가다가 또 넘어지면
'또 넘어졌구나. 그럼 또 일어나야지'라고
생각하면 됩니다.

07

올해 4년째 행정 고시를 준비한다는 청년이 찾아와 물었습니다.

"스님, 그동안 저는 2차 시험에서 아깝게 떨어진 적도 있고, 면접에서 떨어진 적도 있어요. 그러니까 더 아쉽고 미련이 남아요. 마음이 조급해져서 그러는데 어떻게 마음을 잘 다스릴 방법이 없을까요?"

세계적으로 경제가 안 좋다 보니 최근에는 취업의 문도 더없이 좁아지고 있습니다. 그 탓인지 해마다 고시는 물론 여러 가지

전문직 자격시험이나 취업 시험을 준비하는 수험생도 계속 늘어나는 추세라고 합니다. 아마 이 청년처럼 더 나은 미래를 위해 몇 년째 수험 공부에 매달리는 사람이 적지 않을 겁니다.

"지금도 공부하고 있나요?"

"네, 올해도 계속하고 있습니다."

"그럼 올해까지만 하고 그만두세요."

제가 딱 잘라 말하자 청년의 표정이 굳어졌습니다. 마음을 다스릴 방법을 묻는 사람에게 올해까지만 시험을 치르고 내년부터는 포기하라니까 당황한 기색이 역력했습니다.

"행정 고시에 합격하면 직업이 안정적인가요, 불안정한가요?"

"안정적입니다."

"그럼 이익이 많다는 뜻이겠군요. 이익이 많은 걸 얻으려면 그만큼 노력이 있어야 하고, 모험이 있어야 하겠죠."

"그렇습니다."

복권을 사거나 경마장에서 마권을 사는 것에 비유해 봅시다. 복권을 사는 사람은 누구나 당첨을 꿈꿉니다. 복권이 당첨되면 큰돈이 생기겠지만, 당첨될 확률보다는 떨어질 확률이 훨씬 높습니다. 행정 고시도 마찬가지입니다.

고시 공부를 처음 시작했을 때는 독하게 마음을 먹고 공부했을 겁니다. 하지만 4년째 수험 생활이 계속되면 처음의 엄격했던 마음이 사라지기 쉽습니다. 결심이야 여전하지만 머릿속이 복잡해서 집중이 안 되고 공부하기 싫으면 안 하고 남이 놀 때는 같이 놀게 됩니다.

그러니 지금 그만두는 게 나아요. 이미 아까운 시간을 4년이나 보냈는데 앞으로 더 보낼 필요가 있을까요? 그러니까 올해까지만 해 보고 그만두세요. 미련을 남겨서 또다시 하지 말고 올해가 마지막이라고 단단히 마음을 먹어 보세요. '이게 마지막이다. 안 되면 이제 그만이다'라고 목표를 세우고 남은 올해는 혼신의 힘을 다해 마지막으로 공부하는 겁니다. 올해만 하고 그만둔다고 마음먹으면 내 인생에서 다시 오지 않을 마지막 기회이니 온 힘을 기울여야겠지요. 그렇게 했는데도 결과가 기대와 달리 안 좋게 나왔다면 그때는 두 손 탈탈 털어 버리세요.

하지만 그렇다고 절망하고 좌절에 빠지거나 패배감에 사로잡힐 필요는 없어요. 젊은 시절 내가 세운 목표를 위해 4년 동안 최선을 다했다면 그 시간은 그냥 허비한 게 아닙니다. 행정 고시 공부를 4년 동안 했다는 것도 내 인생에서 중요한 경험이 되거든요. 그렇게 결과를 좋게 받아들이고 다른 일을 시작하면 됩니다.

행정 고시나 사법 고시는 물론이고 공무원 시험이나 교사를 선발하는 임용 시험 등도 마찬가지입니다. 또 언론사 취업을 위한 입사 준비 시험도 '언론 고시'라고들 한다지요? 어떤 형식의 시험이든 자격을 갖춘 사람을 선발하는 시험을 준비하는 사람에게는 모두 같은 이야기를 해 주고 싶습니다.

"한 번 도전할 때 온 힘을 기울이세요. 그랬는데도 결과가 기대한 것에 미치지 못한다면, 한 번의 도전으로 그만두는 게 가장 좋지만 미련이 남고 조금 아쉬우니까 두 번까지는 도전해 보세요. 하지만 그 이상의 무모한 도전은 낭비입니다."

합격할 때까지 시험공부를 계속하겠다고 굳게 마음먹을 만큼 그 일은 가치가 없습니다. 해마다 새로 졸업한 졸업생을 포함해 새로운 인력이 시험 준비에 뛰어드는데 뽑는 사람은 정해져 있지요. 합격자 정원은 정해진 숫자가 줄어들면 줄어들었지 나를 위해서 늘어나지는 않습니다. 그러면 경쟁자만 늘어나니 시간이 흐를수록 합격할 가능성은 더욱 떨어집니다. 이 단계에서는 마음먹고 안 먹고의 문제가 아닙니다. 갈수록 합격이 어려워지니까 공부하는 강도가 점점 더 세져야 하는데 사람의 의지가 그렇게 강하지 못합니다. 공부라는 게 처음 마음먹음과 달리 두세 번 반복되면 매너리즘에 빠지기 쉽습니다. 의지와 마음이 달라서 아무리 결심을 해도 그게 잘 안돼요. 그러다 보면 나도 모르게 공부를 직업처럼 여기게 됩니다.

자칫 잘못하면 공부가 직업이 될 가능성이 커요. 쉽게 말해서 고시 중독증이 생긴다는 말입니다. 고시 중독증은 고치기 어렵습니다. 우리가 '중독'이라는 단어를 붙이는 말이 마약이나 알코올 같은 물질만 있는 게 아닙니다. 정신적 중독도 그만큼 위험합니다. 그러니 고시 중독증이 생기기 전에 그만둬야 합니다.

시험공부를 그만둘 때는 가볍고 기쁘게 그만두세요. 청춘의 한 시절 하고 싶은 공부 실컷 해 봤다, 원 없이 해 봤다, 이제 다른 걸 해 봐도 좋을 때다, 이렇게 '탁' 놓아 버려야 해요.

시험에서 떨어졌으니 실패했다, 내 청춘만 버렸다 하면서 지나온 내 인생을 상처로 남기면 안 됩니다. 지금까지 고군분투 공부한 시간을 낭비라고 생각하지 마세요. 귀한 경험을 쌓았다고 여기고 아주 가볍게 머리의 짐을 내려놓고서 다른 일을 찾아 하면 됩니다. 세상에는 고시 말고도 내가 할 수 있는 일이 무궁무진 많으니까요. 젊다는 이유 하나만으로도 뭐든지 도전할 기회가 있습니다. 연구하고 도전하고 그에 대한 결과를 만들어 간다는 것은 성공 여부와 상관없이 그 자체만으로도 행복한 일입니다.

젊다는 이유 하나만으로도
뭐든지 도전할 기회가 있습니다.
연구하고 도전하고
그에 대한 결과를 만들어 간다는 것은
성공 여부와 상관없이
그 자체만으로도 행복한 일입니다.

08

한 번 사는 인생
멋지게 살아보고 싶어요!

세계여행을 가기 위해 20대 내내 모은 전 재산을 주식에 투자하여 모두 잃었다는 청년을 만났습니다.

"짧은 인생에 이룬 것도 없고 제대로 겪은 것도 없다는 사실에 회한이 밀려옵니다. 남들처럼 신나고 멋지게 놀아 보지도 못하고 특별한 경험도 하나 없이 20대를 날려 버렸다는 생각과 다시는 내 인생에 특별한 기회가 오지 않을 것이라는 불안감에 괴롭습니다. 남은 평생을 시시하고 지루한 일개미 같은 삶을 살아야 한다는 생각에 가슴이 너무 답답합니다. 부처님도 젊은 시절

온갖 환락과 유흥을 다 겪고 난 후에야 그런 것들이 부질없다고 느끼셨다는데, 저에게는 그런 특별한 경험이 없으니 오히려 집착만 생깁니다. 한 번 사는 인생 멋지게 사는 법을 알려주세요."

"젊은이다운 질문입니다. 저는 젊은 시절에 특별한 인생을 살았다고 기억되는 게 없지만, 있다면 출가한 겁니다. 그런데 질문자는 보통 젊은이들이 경험해 보지 못한 특별한 인생을 벌써 살았네요."

"주식 투자해서 망한 것 말고, 즐겁고 특별한 경험을 해 보고 싶어요."

"주식 투자해서 망한 것보다 특별한 경험이 어디 있어요? 엄청나게 특별한 일을 해 본 거예요. 아마도 질문자가 말하는 즐겁고 특별한 경험은 술을 취하도록 마시고 이성과 쾌락에 빠져 흥청망청 놀며 여행 다니는 걸 한번 해 보고 싶다는 얘기인 것 같네요."

"네. 맞습니다."

누구나 이 청년 같은 욕망을 가질 수 있습니다. 많은 세상 사람들이 해 보고 싶어 하는 일이에요. 하지만 하고 나면 독이 되는 일이에요. 그런 욕망은 자기 개인만 망치는 것이 아니라 나와 관계된 사람의 인생까지 망칠 수 있습니다. 이 청년이 이성과 진탕 논다면 욕망의 대상으로 전락한 이성의 인생은 어떻게 될까요? 이 청년이 돈을 왕창 가지고 흥청망청 쓴다면 그걸 보는 부모님의 마음은 어떨까요?

만약 깊은 산속에 가서 혼자 물구나무도 서고 발가벗기도 하고 물에 뛰어들기도 하고 신나게 한번 놀아 보고 싶다는 것이라면 말릴 이유가 없죠. 하지만 이 청년이 왕창 한번 놀아 보고 싶다는 것은 다른 사람과 관계되는 일이라는 거예요. 자신의 욕망을 충족시키기 위해서 남에게 피해를 줘도 된다는 생각은 어리석은 생각입니다. 타인을 사람으로 대하지 않고 내 욕망의 대상으로 대하는 것은 일종의 범죄에 해당해요. 그런 욕망이 있다는 것은 인정하지만, 그 욕망이 갖는 위험이 너무 크다는 걸 말씀드리고 싶습니다. 어느 20대 유명 가수가 돈 좀 벌었다고 술집에서 성범죄로 물의를 일으킨 사건을 보셨지요? 진창 한번 놀아 봐야겠다는 생각은 어리석은 생각입니다.

"저의 날아간 20대 시절은 어떻게 해야 합니까?"

"돈을 버렸을 뿐인데 왜 20대 시절이 날아갔어요? 돈이 20대 시절은 아니잖아요. 질문자는 이십 대 시절에 돈을 번 경험도 있고 잃은 경험도 있잖아요. 이런 경험을 이십 대 한 사람은 드물어요. 또 군대에도 다녀왔잖아요. 20대 시절에 질문자가 경험한 군대 생활은 그대로 남아 있잖아요."

"주변에 많은 경험을 하는 사람들을 보게 되는데 저에게는 그 경험밖에 없잖아요."

"어떤 경험을 말하는 거죠? 질문자가 말하는 많은 경험이란 게 술 마시고 이성과 놀고 쾌락을 즐기는 것을 말하는 건가요?"

"세계여행을 간 친구도 있습니다."

"세계여행은 지금 가면 되잖아요."

"돈이 없습니다."

"세계여행은 적은 돈으로도 얼마든지 할 수 있습니다. 세계여행을 돈으로 전부 해결하려고 하는 것은 조금 허황된 생각이에요. 저도 젊은 시절에 한 달 동안 인도를 여행했는데 하루에 10달러를 썼습니다. 3달러는 식비로 쓰고, 3달러는 숙박비로 쓰고, 3달러는 교통비로 쓰고, 1달러는 예비비로 책정하고 여행을 출발했는데, 실제로는 식비로 책정한 3달러 중에 1달러만 식비로 쓰고 2달러는 아껴서 특별 비상금까지 저축할 수 있었어요.

여행을 소비적으로 다니지 않고 생산적으로 다닐 수도 있습니다. 저는 아프가니스탄에 난민이 발생했을 때나 이라크에 전쟁이 일어났을 때 구호 활동을 하기 위해 위험한 지역을 돌아다녀 보기도 했고, 네팔과 인도네시아에 지진이 났을 때 그 피해를 복구하러 간 적도 있습니다. 소비적으로 다닌 게 아니라 생산적으로 다녔어요. 그렇게 구호 활동을 하면서 세계여행을 할 수 있습니다.

그러니 허황된 생각을 하지 말고 우선 최소한의 경비만 마련해서 세계여행을 가든지 아니면 필리핀이나 미얀마 국경 변이나 인도의 불가촉천민 마을에 가서 봉사를 해 봐도 좋을 것 같아요. 어렵게 생활할 각오를 하고 가야 합니다. 그러면 질문자가 얼마나 많은 것을 가졌는지를 알게 될 거예요. 세계여행을 사우디 왕자처럼 다니고 싶다면 그건 허황하다고 말할 수밖에 없습니다."

"제가 돈을 잃고 한동안 다양한 시도를 좀 해 봤는데, 하는 일마다 모두 실패로 돌아갔어요. 하는 일마다 다 안 되니 새로운 일을 하기가 불안합니다."

전 재산을 잃고 불안한 이 청년의 심정이 이해되지요? 하지만 재벌 부모에게 많은 유산을 받았거나 인기 연예인이 되어서 갑자기 떼돈을 번 것이 아니라면 그 돈의 액수가 그렇게 큰 것은 아닐 테니 그 돈에 대한 미련은 버리는 게 어떨까 합니다. 세상에 부화뇌동하면 어떤 결과가 생기는지 알게 된 기회로 삼는다면 20대 때 학습비로 지급할 만한 충분한 가치가 있다고 생각해요. 한 번 크게 손실을 봤으니 이제 누가 유혹을 해도 주식 투자에 좀 더 신중하게 되지 않겠어요?

마음을 크게 가져 봤으면 합니다. 젊을 때 고생은 사서라도 한다고 하잖아요. 실패함으로써 우리는 교훈을 얻을 수 있고 경험을 축적해 나갈 수 있습니다. 사람이 하는 일마다 다 잘될 수가 없습니다. 저도 100개의 일을 시도하면 99개는 실패해요. 100개를 시도해서 1개가 성공한다면, 1000개를 시도해서 10개를 성공시키면 되잖아요. 1개를 시도해서 1개 다 성공하려고 한다면, 그건 욕심이 아닐까요?

서른 살이라는 그 자체가 엄청난 재산이라는 걸 알아야 해요. 늙어 보면 알게 됩니다. 그러니 지금 아무것도 없어도 괜찮아요. 아직 서른 살밖에 안 된 사람이 벌써 뭔가를 가지려고 하면 욕심이 너무 많은 거예요. '서른 살에는 아무것도 가진 것이 없어도 된다. 안 죽고 산 것만 해도 큰 자산이다.' 이렇게 생각하고 앞을 보고 나아가세요. 그동안 있었던 소소한 일들은 액땜이라 생각하면 됩니다. 별일 아니에요. 너무 높은 기대를 갖고 있기 때문에 모든 일이 불만인 겁니다. 기대를 딱 낮추고 바닥에서부터 시작해 보세요. 서른 살은 절대 늦은 나이가 아닙니다. 지금부터 다시 시작해도 아무 문제가 없습니다.

'서른 살에는
아무것도 가진 것이 없어도 된다.
안 죽고 산 것만 해도 큰 자산이다.'
이렇게 생각하고
앞을 보고 나아가세요.
서른 살은 절대 늦은 나이가 아닙니다.
지금부터 다시 시작해도
아무 문제가 없습니다.

09

제 **한계는** 여기까지일까요?

　"저는 어릴 때부터 부와 명예에 관심이 많았습니다. 인맥, 학연 등 흔히 말하는 그들만의 리그를 잠시 경험해 봐서인지 나도 그들처럼 살고 싶다는 욕심에 하루 두 시간을 자면서 사업을 꽤 일궈 놓았습니다. 하지만 아무리 시간과 건강을 갈아 넣어도 그 벽을 넘지 못하고 한계점에 도달해 가는 걸 느낄 때 허무함이 밀려옵니다. 제 능력으로는 절대 가지지 못할 것을 제가 욕심부리고 있는 것은 아닌지, 어떻게 하면 괴로움을 원동력으로 바꿀 수 있을까요?"

이 청년은 지금 사다리의 중간까지는 올라갔는데 그 위로 더 올라가는 게 장벽에 막혀 있는 것 같아요. 지금 본인이 어떤 한계를 느끼고 괴롭다면 욕심이라고 봐야 합니다. 자신의 상황을 제대로 점검하지 않고 있다고 할 수 있어요.

질문자가 더 높이 오르기 위해서 여러 방법을 연구하고 있다면, 괴로워할 시간이 없어야 하고, 남을 미워할 여력도 없어야 합니다. 그들이 못하는 다른 어떤 방법을 찾아야 하기 때문에 괴로워할 시간이 없어요. 그런 방법들을 찾지 않고 지금 불평만 하고 있다면, 그건 욕심이라고 볼 수 있어요.

제가 젊을 때 한국의 불교계가 갖고 있는 여러 문제점에 대해서 불만을 느끼고 비판을 했어요. 그러자 저희 스승님이 저한테 이렇게 말씀하셨어요.

'탑 앞의 소나무가 돼라.'

저에게 고민이 없었다면 '이게 무슨 뚱딴지같은 소리인가' 했을 텐데, 이 문제로 인해 굉장히 고민하던 때라 그 말씀이 깊이 다가왔어요. 소나무가 어릴 때는 탑의 그림자가 소나무를 가려서 자라지 못합니다. 자라는 데 장애가 되니까 자꾸 탑에 대해 불평을 하게 됩니다.

'탑만 없었으면 좋을 텐데.'

그러나 소나무가 자라면 탑을 가리게 되잖아요. 그러니 스승님의 말씀은 '그렇게 탑을 탓하지 말고 네가 잘 크면 네가 탑을 가리게 된다' 이런 가르침이셨어요. 그래서 기존의 불교를 비판하기보다는 새로운 길을 개척해야겠다고 마음을 다잡게 되었습니다. 모든 승려가 하는 대로 염불하고 복 빌어 주는 것을 따라가서는 새로운 길을 열어 가기가 어렵습니다. 그 당시에 아무런 기반도 없는 새로운 길을 열려면 밥도 먹기 힘든 일이 벌어집니다. 그러나 그 새로운 길이 바른길이라면 그런 인고의 과정을 불평하거나 괴롭다고 한탄하는 것이 아니라 기꺼이 가야 합니다.

질문자가 '그들만의 리그' 같은 말을 하는 것을 보면 약간 누구를 미워하고 한탄하고 있는 것 같아요. 그렇다면 그것은 욕심입니다. 그 사실이 맞다 하더라도 이 청년의 태도는 욕심에 속해요.

만약 욕심이 아니라 원(願)을 가진 사람이라면 어떻게 할까요? 그들이 갖고 있는 기득권을 탓하지 않고 나는 어떤 방법으로 그것을 뚫고 나가야 할지 연구합니다. 애플이나 아마존을 보세요. 수많은 계열사를 거느리고 있는 거대 기업들을 탓하면서 자본이 부족하다든지 인적 네트워크가 부족하다든지 이런 불평을 했습니까? 그럴 시간에 새로운 방법을 찾아냈습니다.

마찬가지로 질문자도 지금 이루어 놓은 성공에 만족하고 편안하게 살면서 유지 관리를 하든지, 지금껏 이루어 놓은 걸 포기할 각오를 하고 새로운 방법에 도전하든지, 둘 중에 선택하면 됩

니다. 어느 것을 선택하든 그건 자기 선택입니다.

"저는 새로운 길을 염두에 두고 소나무가 되고 싶습니다."

새로운 길은 항상 어렵습니다. 새로운 길은 백 번 도전해도 한 번 성공하기 어렵고 천 번에 한 번 성공합니다. 그걸 기꺼이 즐거운 마음으로 받아들여야 해요. 욕심으로 하면 대다수 실패를 하고 좌절을 합니다. 그런데 그걸 재미로 삼으면 전혀 달라집니다.

'남들 다 가는 길을 가서 무슨 재미로 사나? 그 길은 너희들이 가라. 나는 새로운 길을 개척하다가 죽어도 내 후손들이 내가 걸어온 길을 딛고 더 나아갈 수 있게 하겠다.'

이런 정도의 자세로 임해야 합니다. 그렇지 않으면 인생이 피곤해지고 괴로워집니다. 특히 결혼을 하게 되면 부부가 화목하게 살기 어렵습니다. 남편은 새로운 길을 가고자 하기 때문에 아내가 장애로 느껴지고, 아내는 남편이 쓸데없는 일을 벌여서 가족을 돌보지 않는다고 불만을 갖게 됩니다. 그래서 새로운 길을 가려면 결혼할 생각을 그만두어야 합니다. 일정한 성공을 한 후 결혼을 하든지, 아니면 얼굴도 나이도 따지지 말고 내가 가는 길을 지지해 주고 고생도 함께 할 수 있는 사람하고 결혼을 해야 합니다. 이런 관점을 갖고 새로운 도전을 해 보면 좋겠어요.

새로운 길은 항상 어렵습니다.
새로운 길은
백 번 도전해도 한 번 성공하기 어렵고
천 번에 한 번 성공합니다.
욕심으로 하면
대다수 실패를 하고 좌절을 합니다.
그걸 기꺼이 즐거운 마음으로
받아들여야 해요.

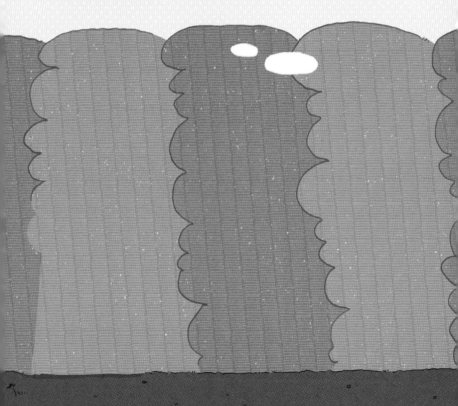

2

달콤한
연애와
쌉쌀한 이별

01

"연애를 '밀당'의 기술이라고 하는데 저는 그게 잘 안돼요."

사랑만큼 쉬운 일도 없지만, 또 사랑만큼 어려운 일도 없습니다. 청년들의 사연 중에서 연애나 사랑에 관한 고민은 단연 1순위입니다. 그만큼 어렵고 힘들다는 것이죠.

"소개팅을 나가서 여자가 먼저 적극적으로 대시하면 남자들이 도망을 간대요. 무서워서요. 그런데 사나흘만 여유를 두고 기다리면 대부분 남자가 먼저 연락을 한대요. 이렇게 '밀당'을 잘해야 한다는데 저는 아무리 마음을 먹어도 남자가 연락해 오기만을 기다리는 게 안돼요."

소개팅을 하고 나서 며칠의 시간 공백을 못 참고 바로 남자의 마음을 확인하고야 만다는 이 여자분은 그 덕분에 연애 실패를 꽤나 맛보았답니다.

"당신이 마음에 든다며 내 마음을 보여 주고 상대의 마음도 확인하고 싶은데, 남자들은 다른가요? 친구들은 저더러 연애 문제에 영악하지 못하고 바보 같다고 말해요. 그래서는 될 일도 안 된다면서 말이에요. 이런 저의 저돌적인 성격을 고쳐야 할까요?"

"결론부터 말하자면, 그냥 생긴 대로 사세요."

옛날부터 우리 사회는 남녀 차별이 심합니다. 남자는 이래야 하고, 여자는 이래야 한다는 고정관념이 알게 모르게 우리의 의식 속에 자리 잡고 있습니다. 그중에는 여자는 다소곳하고 소극적인 태도가 좋다는 의식이 있죠. 여자는 얌전하게 하고 싶은 말이 있더라도 참으면서 남자가 먼저 행동을 하면 그제야 못 이기는 척 따라가야 한다는 생각 말이에요.

그런데 지금도 이런 생각을 하는 사람이 있습니까? 이런 생각은 그야말로 옛날 버전이에요. 자칫하면 조선 시대 사고방식처럼 구태의연하다고 놀림당합니다. 다른 분야에서 이렇게 살면 '수동형'이라고 평가받기 쉬워요. 지금은 시대가 완전히 달라졌습니다. 남녀가 평등한 시대에 살면서도 이렇게 우리 마음속에

는 여전히 고정관념이 남아 있습니다. 이런 것을 불교에서는 '업(業), 카르마'라고 합니다.

분명히 세상이 변했는데도 여전히 우리의 무의식 속에 남성은 적극적이고 여성은 소극적이어야 한다는 전통적 가치관이 남아 있습니다. 지금의 청춘들은 학교에서 그렇게 배우지 않았지만 집에서 아버지와 어머니가 보여 주는 생활상에서 나도 모르게 보고 배운 거겠죠. 과거 부모님 세대는 물론 그 위로 거슬러 올라가면 남녀 차별 의식이 더욱 심각했습니다.

연애를 고전 방식대로 하려고 하면 머리와 가슴이 다른 이야기를 하게 됩니다. 요즘 현대식 버전으로 하면 내 성격에 따라 내 스타일대로 행동하는 게 맞아요. 먼저 연락하고 싶은데 연애의 기술을 동원한다고 마음을 숨기고 연락 오기만 기다리면 얼마나 답답하겠어요?

사랑을 계산하지 마세요. 사랑을 계산하면 그것은 장사지 사랑이 아닙니다. '새로 만난 상대에게 먼저 전화를 할까 말까?', '내가 먼저 연락하는 건 자존심이 상하니까 연락이 오도록 참고 기다리자', '내가 두 번이나 전화를 했는데 답신은 한 번밖에 안 해?' 이런 마음이 모두 계산입니다. 조금 참고 기다리면 연락이 올 텐데 먼저 연락하는 건 내가 굽히고 들어가는 것 같아서 싫다는 옹졸함이죠.

사랑에 계산은 필요치 않습니다. 그냥 좋으면 좋다고 표현하세요. 처음 만난 상대가 내 마음에 꼭 드는데 언제 올지도 모르는 연락을 기다리는 것보다는 이튿날 내가 먼저 연락하는 편이 쉽고 빠르게 사랑을 일구어냅니다. 먼저 연락한다고 내가 크게 손해 볼 일은 하나도 없습니다.

개중에는 내가 적극적으로 먼저 다가가니까 놀라서 도망가는 남자도 있을 겁니다. 그런 남자는 처음에는 괜찮다가도 어차피 나중에 떨어져 나갈 거예요. 그러니 조금 미리 떨어져 나가는 거라고 생각하세요. 이런 남자와 연애하다가 갈등이 생기면 백발백중 그 고비를 넘지 못하고 헤어지기 쉬워요. 공연히 밀고 당기기를 하다가 아까운 시간만 낭비하게 되죠. 결국 나중에는 성격을 알게 될 텐데, 내 성격이 전부 드러나면 그때 남자가 도망가지 않겠어요?

한 가지 더, 무작정 마음 가는 대로 사랑에 빠졌다가 그 사람과 헤어진다고 그것이 사랑의 실패일까요? 서로 전혀 모르던 남녀가 만났는데 영원히 헤어지지 않고 관계가 유지되면 성공이고, 중간에 헤어지면 실패인가요?

이것은 마치 사람이 늙도록 오래 살면 성공이고, 빨리 죽으면 실패한 인생이라는 말이나 똑같은 소리예요. 예수님은 진리를 설파하시고 3년 만에 돌아가셨습니다. 그때 나이가 고작 삼십 대

초반이었습니다. 그런 예수님의 삶이 성공입니까, 실패입니까? 누구보다 성공한 인생이라고 말할 수 있겠죠.

사랑을 어디까지 지속해야 성공이다 하는 것은 없습니다. 내 마음이 끌리고 좋으면 그게 바로 성공입니다. 사랑에 실패하는 이유는 '내가 좋아한 만큼 너도 나를 좋아해야 해'라고 장사꾼처럼 계산하고 대가를 구하기 때문입니다. 계산을 해 보니 내 마음이 상대에게 간 만큼 되돌아오지 않았다며 그가 나를 배신했다고 말하는 것이죠.

계산은 사랑이 아닙니다. 불필요한 계산을 하기 때문에 실패가 따르지, 사랑 그 자체에는 실패가 없어요. 누군가를 좋아하면 내 마음도 행복해지고 평안을 느끼지 않습니까. 사랑에 빠지면 행복해지는 사람은 내 사랑을 받는 상대가 아니라 결국 나 자신입니다.

세상의 모든 사랑은 전부 성공입니다. 사랑에는 오직 성공만 있을 뿐입니다.

계산은 사랑이 아닙니다.

불필요한 계산을 하기 때문에 실패가 따르지,

사랑 그 자체에는 실패가 없어요.

누군가를 좋아하면 내 마음도 행복해지고

평안을 느끼지 않습니까.

사랑에 빠지면 행복해지는 사람은

내 사랑을 받는 상대가 아니라

결국 나 자신입니다.

02

어떤 사람을 **만나야** 할까요?

"얼마 전에 여자 친구와 헤어지고 왜 우리가 헤어지게 되었을까 생각해 봤습니다. 스님이 쓰신 책을 읽다가 '사랑도 욕심이다'라는 구절이 가슴에 와닿았어요."

처음에는 예쁘고 성격도 좋은 상대방을 만나 마음이 두근두근합니다. 그 마음으로 상대를 내 인연이라고 믿고 가까워지고자 노력하죠. 어떤 연인이든 시작 단계에서는 깨가 쏟아질 듯 다정합니다. 그러다가 시간이 지나면서 나와 다른 상대의 모습을 발견하고는 실망하고 애정도 식어갑니다.

"스님은 자신의 마음을 갈고닦으면 길을 지나가는 아무나 붙잡고 결혼을 해도 괜찮다고 말씀하셨는데, 그렇다고 정말 아무나 사귈 수는 없잖아요?"

사람과 사람의 만남이 곧 인간관계입니다. 인간관계에는 부모와 자식 사이도 있고, 남녀가 만나 사랑하는 연인 관계도 있습니다. 친구끼리의 인간관계도 있고, 직장 동료나 업무상으로 만나는 사회관계도 있습니다.

일반적으로 모든 인간관계는 그 관계를 통해서 이익을 추구하려는 속성이 있습니다. 다른 사람과의 관계에서 내가 손해를 보지 않으려고 합니다. 인간관계 중에서 손익을 계산하지 않는 관계는 부모와 자식 관계가 있습니다. 부모는 자식을 키우면서 '이 아이를 키우는 게 내게 손해일까, 이익일까?' 하고 계산하지 않습니다.

또한 어릴 때부터 함께 어울리며 자란 소꿉친구도 계산 없이 만나는 인간관계죠. 어려서는 이해타산을 하지 않죠. 그래서 그때 만난 친구들과는 성인이 되어서도 야박한 계산을 하지 않습니다. 덕분에 서로 솔직담백한 관계가 유지됩니다. 오래 사귄 절친한 친구 사이도 이해타산의 계산을 덜 하는 편이죠. 이런 인간관계는 갈등이 생겨도 금방 회복하고 관계가 오래갑니다.

반대로 이해관계가 극심한 인간관계는 무엇일까요? 사람 사이에서 욕심이 가장 많이 작용하는 인간관계가 바로 결혼으로 맺어지는 부부 사이입니다. 그 다음이 연애입니다. 남녀가 상대를 처음 소개받을 때면 흔히 묻지 않습니까? 몇 살이냐, 학교는 어디냐, 전공은 뭐냐, 집은 어느 동네냐며 나이, 학벌, 경제력, 집안 환경, 미모 등등 이상형의 조건을 따집니다.

우리는 부부나 연인에게 사랑이란 단어를 붙이는데 실제로 분석해 보면 그 관계에 욕심이 가장 많습니다. 부모와 자식 사이는 아무리 갈등이 생겨도 서로 원수가 될 확률은 낮습니다. 어릴 때부터 알고 지낸 소꿉친구와도 원수로 변할 확률은 매우 낮습니다.

하지만 부부는 어떻습니까? 같은 집에서 같은 이불을 덮고 살던 부부가 이혼을 하면 그 둘은 다시는 돌이킬 수 없는 원수지간으로 변합니다. 처음 만났을 때는 고귀한 사랑이라 하지만 뒤돌아서는 순간 내 인생 최악의 원수로 변하는 것입니다. 부부가 이혼하면 그 과정에서 자녀들이 크게 상처를 받습니다. 한 사람은 어머니이고 한 사람은 아버지인데 둘이 갑자기 원수로 변하니 그 속에서 아이들은 혼란스러울 수밖에요.

왜 한때는 둘도 없이 사랑했던 남녀가 헤어질 때는 원수가 될까요? 사랑했던 것만 생각하면 헤어져도 이 세상 누구보다 더 좋은 친구가 되어 웃어야 하지 않나요? 그 이유는 남녀 사이에 이해관계가 너무 많이 얽혀있기 때문이지요.

신학기 처음 만난 같은 반 아이들이 친구를 사귈 때 가장 중요하게 생각하는 게 무엇일까요? 보편적으로 "그 친구는 의리가 있고, 저 친구는 의리가 없어"라는 말을 자주 합니다. 사업할 때 동업자를 구하면서도 이 사람이 신용이 있나 없나만 중요하게 평가합니다. 친구나 동업자를 찾으면서 상대의 키나 얼굴 같은 외모를 보거나 집안 환경을 따지는 사람은 거의 없습니다.

그런데 선을 볼 때는 조건이 까다로워요. 일단 나이도 봐야 하고, 키나 얼굴 등 외모도 묻습니다. 학교는 어디를 졸업했는지, 부모님은 뭘 하시는지, 집안은 화목한지, 종교는 뭘 믿는지, 형제 사이에 우애는 어떤지 등도 조목조목 살펴봅니다.

여자를 예로 들면, 괜찮다 싶은 남자는 나보다 돈이 더 많아야 하고, 인물도 준수해야 하고, 학벌도 좋아야 하고, 머리도 똑똑하고, 성격은 박력이 있으면서 동시에 부드럽고 자상해야 합니다. 그것으로도 부족해서 길을 걸을 때 다른 여자에게 눈길 하나 안 주고 오직 나만 바라봐야 해요. 이런 남자라야 좋은 신랑감입니다. 어떻습니까? 조금 모순된 말 같지 않습니까?

키 크고 잘생긴 외모에 학벌, 집안, 직업 전부 좋고 성격까지 서글서글한 남자. 그야말로 킹카 중에 킹카인 이런 남자를 안 좋아하는 여자가 있겠습니까? 내 눈에 보기 좋으면 남들 눈에도 똑

같이 보기 좋습니다. 그러면 이 남자를 가만히 두겠습니까? 결혼한 뒤에도 유부남이라도 괜찮다며 적극적으로 애정 공세를 하는 여자들도 있을 수 있습니다. 그러니까 남편이 바람을 피우는 이유는 어느 날 갑자기 그야말로 '바람'이 불어서 생겼다기보다 그런 확률이 높은 조건의 결과라고 봐야 합니다. 내가 조건을 따져가며 고른 남자는 다른 여자들에게도 좋은 남자로 보이니까요. 그렇다고 조건이 좋은 남자는 모두 바람을 피운다는 이야기는 아니에요.

그런데 문제는 나보다 못난 남자가 한눈을 팔면 '안녕히 가십시오' 하고 헤어지면 되는데 내가 잘 잡았다 싶은 남자의 경우에는 바람을 피워도 버리지를 못 하는 거예요. 그 남자를 버리고 다시 새로운 사람을 만난다고 해도 지금의 남자처럼 조건이 좋은 사람을 만나기 어렵기 때문이죠. 그러면 결국 내 마음은 시기와 질투와 고뇌로 괴롭기 그지없습니다. 팔자타령을 하면서 자괴감에 빠지게 되죠.

하지만 이런 상황은 우연히 일어난 것이 아니라 처음 내가 그를 선택한 순간부터 결과가 예측된 일입니다. 가을에 낙엽이 저절로 생기는 것이 아닙니다. 봄에 새싹이 돋고 여름철 잎이 무성한 과정을 거쳐서 가을에 찬바람이 불기 시작하면 단풍이 들고 결국 낙엽으로 떨어지는 것이 하나의 예고된 과정이지요. 이처럼 우리가 어떤 사물을 보거나 마음의 일에도 단계 단계별로 내재되어 있는 과정을 알아볼 수 있어야 합니다.

내가 돈이 좀 있는 남자라서 여자를 만나면 돈을 팍팍 쓰면서 인심을 부립니다. 주변에는 사람이 끊이지 않아요. 이때 여자는 '나'를 좋아한 것일까요, 돈을 보고 좋아한 걸까요? 만약 이 남자에게 돈이 없어지면 주변의 사람들이 그냥 그대로 있을까요, 떠나 버릴까요? 돈을 보고 왔으니 돈이 없으면 떠나는 것이 인지상정 아닌가요? 이것을 배신이라고 말하는데 그렇지 않습니다. 그 현상 그 자체 그대로 진리예요.

권력의 속성도 마찬가지입니다. 내가 높은 지위에 있으면 주변 사람들이 굽실댑니다. 하지만 퇴직을 하고 나면 아들딸이 결혼한다고 해도 찾아오는 사람이 없습니다. 그럼 대부분 배신감에 치를 떨겠죠. 하지만 지위를 보고 왔던 사람들이니 내게 지위가 사라지면 더 이상 찾아오지 않는 게 당연합니다.

만약 내가 지위가 높더라도 다른 사람들을 권위적으로 대하지 않고 똑같은 동료로서 존중하며 지냈다면 자리에서 물러나도 대부분 여전히 친구고 동료로 남아 있을 겁니다. 지위가 높을 때나 재물이 많을 때 그 조건에 구애되지 않고 허물없이 관계를 맺으면 그 조건이 사라진 뒤에도 인간관계는 여전히 그대로 존재합니다. 하지만 돈이나 지위를 이용해 맺은 관계는 나중에 외로움으로 되돌아오기 쉽습니다.

그런데 애인이나 부부관계는 서로 이해관계가 상당히 상충하기 때문에 내가 상상했던 것과 다른 모습을 발견하게 되면 금방 실망합니다. 그러고는 괜히 결혼했다, 내가 사람을 잘못 봤다며 상대를 비난하지요. 이 비난의 내면을 들여다보면 전부 내가 만든 이해타산의 결과입니다. 이것이 우리의 현실입니다. 그래서 저는 이런 말을 자주 합니다.

"사랑 좋아하시네."

여러분은 첫눈에 반한 사랑을 믿습니까? 한눈에 반해 사랑에 빠졌다는 커플들의 연애가 오래갈 확률은 극히 낮습니다. 한눈에 반했다는 말은 내가 평소 원하던 모든 조건을 갖춘 '이상형'이라는 뜻이겠지요. 그게 바로 욕심이 극에 달한 상태입니다.

내 연애의 목적을 생각해 보세요. '내 눈에 보기 좋은 상대와 며칠이라도 불꽃처럼 사랑하고 싶다'를 목적으로 한다면 그 관계가 오래 지속될 거란 기대는 하지 마세요. 반대로 오랫동안 상대와 같이하고 싶다면 눈높이를 낮추는 것이 좋습니다. 내가 꿈꾸던 이상형을 조금 낮춰서 관계를 맺으면 그 사람과는 인연이 오래 지속됩니다.

사람을 사귈 때는 그냥 사귀세요. 좋은 사람을 사귈 수도 있고, 만나다 보니 배울 점이라고는 하나 없는 나쁜 놈과도 만날 수 있습니다. 그렇다고 연애나 사랑에 실패한 것은 아닙니다. 그 사람과는 실패했을 수도 있습니다. 하지만 그 실패가 나쁜 건 아닙니다. 실패는 농구 연습과도 같은 겁니다. 농구 골대에 공을 던지면 한 번에 시원하게 골인합니까? 수없이 던지고 연습을 거듭해 결국 공을 골대에 넣을 수 있게 완성되지요.

청춘에게 실패라는 말처럼 어울리지 않는 말도 없습니다. 실패가 아니라 단지 연습만 있을 뿐이죠. 인간관계를 맺는 일도 연습하듯 여러 번 되풀이해 보세요. 인간관계는 폭넓고 다양할수록 좋습니다. 여러 사람과 관계를 맺으면서 경험을 쌓는 겁니다. 사람과의 만남도 인간관계의 연습이라 가볍게 생각하고 마음의 부담을 지워 버리세요. 그중에는 하루 만에 혹은 한 달 만에 끝나는 관계도 있고, 3년이 넘도록 지속하는 관계도 있어요. 그 과정에서 사람에 대해 배우면서 인간을 깊이 이해할 수 있습니다.

뜻대로 풀리지 않았을 때도 실패라고 단정하지 말고 그 자체를 연습으로 받아들이세요. 몇 차례 실패를 반복해 연습하면 결국 내가 원하던 상대와도 자연스럽게 사랑이 이뤄지게 될 겁니다. 성공이나 실패와 관계없이 우리가 경험하는 모든 것은 그 전부가 인생살이이고 각성입니다. 그래서 인생은 나날이 발전하지 결코 후퇴하는 법이 없어요. 동서고금의 여러 성인은 서로를 미워할 때 우리에게 '같이 살아라, 살지 마라'라는 이야기를 한 적이 없어요. 오직 상대를 미워하지 말라는 말씀만 남기셨죠.

사람을 사귈 때 너무 망설이지 말고 계산하지 말고 일단 한번 마음 가는 대로 해 보세요. 네가 좋다고 고백했는데 상대는 별로 마음에 들지 않는지 싫다고 대답합니다. 그때 쿨하게 알았다고 하면서 물러납니다. 이 과정을 상대에게 고백했다가 거절당했다고 생각하면 상처를 받겠죠. 하지만 그것은 상대에게 선택의 기회를 주고 그 사람의 자유를 존중한 결과일 뿐이에요. 내가 커피를 좋아한다고 했는데 상대는 커피가 싫다고 한 것과 마찬가지죠.

청춘이라면 여러 사람을 만나며 인간관계를 쌓는 데 두려움을 갖지 말고 사귀면서 그 인간관계 속에서 배워 나가세요. 때로는 방황해도 괜찮습니다. 지금 잠깐 방황해도 곧 내 마음의 심지를 세우고 정신을 차리면 되는 일이에요. 틀려도 괜찮습니다. 틀리면 고치면 될 뿐이에요. 실패해도 괜찮습니다. 실패했다면 다시 도전하면 그만이죠. 그러니 항상 긍정적으로 생각하고 다시 앞으로 나가기를 두려워하지 마세요. 움츠러들고 숨으려고 하면 연애마저도 침체하기 쉬워요. 그보다는 살짝 아픔을 겪더라도 미래로 나가는 적극성이 훨씬 값집니다.

사람을 사귈 때는 그냥 사귀세요.
좋은 사람을 사귈 수도 있고,
만나다 보니 배울 점이라고는 하나 없는
나쁜 놈과도 만날 수 있습니다.
그렇다고 연애나 사랑에
실패한 것은 아닙니다.
그 사람과는 실패했을 수도 있습니다.
하지만 그 실패가 나쁜 건 아닙니다.

03

애인에게 **차였습니다**

"저는 얼마 전 사랑했던 여자 친구에게 여러 가지 이유로 차였습니다. 여자친구를 의심하는 마음과 제 옆에 두고 싶어 했던 것이 상대를 힘들게 한 것 같습니다. 결혼까지 생각했는데 헤어지니 마음이 아프고 많이 보고 싶습니다. 어떻게 해야 더 이상 연애에 실패하지 않고 상대를 온전히 믿으며 좋은 만남을 이어갈 수 있을까요?"

"청년의 고민은 매우 현실적이고 소박한 바람인 것 같지만 제가 볼 때는 욕심이 굉장히 많은 것 같습니다. '새로운 여자 친구를 만나면 실망을 주지 않고 서로 잘 지낼 수 있는 방법' 이 말 자체가 엄청난 욕심입니다. 사실은 불가능에 가깝다고 생각을 해야 됩니다. 상대가 잘못했다고 생각하면 상대를 미워하게 되고, 내가 잘못했다고 생각하면 자신을 못난이처럼 생각하게 됩니다. 둘 다 올바른 방법이 아닙니다.

나도 안 좋아하고 상대도 안 좋아하면 만남이 성립되지 않으니 고민거리가 안 됩니다. 나도 좋아하고 상대도 좋아한다면 내가 원하는 바가 이뤄졌기 때문에 이 역시 고민거리가 안 됩니다. 그런데 나는 좋은데 상대가 안 좋아하면 상대를 미워하거나 내가 상처를 받으며 큰 고뇌가 되죠. 나에게는 아쉽지만 상대는 큰 부담이 안 됩니다. 반대로 나는 별로 안 좋아하는데 상대가 나를 좋아하면 내가 귀찮아지죠. 상대에게는 상처가 될지라도 나에게는 부담이 안 되잖아요. 그것은 사주팔자도 아니고 전생도 아닙니다.

이런 일은 인간관계에서 일어나는 하나의 자연스러운 현상일 뿐이라고 가볍게 받아들일 필요가 있습니다. 물론 처음에는 서로 좋아했다가 나중에 안 좋아지게 되었다면 그 이유가 무엇인지 연구가 좀 필요합니다. 연구를 해본 결과 몇 가지 원인이 발견되었다면 다음에 만날 때는 그런 것을 조금 주의해야 되겠죠. 그런데 그런 것을 주의한다고 해서 반드시 사랑이 이뤄지지는 않습니다. 왜냐하면 사귀었던 여성이 문제 삼던 것을 다음 만나는 여성도 동일하게 문제 삼을 수 있고, 별로 안 중요해서 다른 것을 가지고 문제 삼을 수도 있습니다. 그렇기 때문에 한 번의 만남을 통해서 다음에는 실수를 하지 않겠다고 하는 것 자체를 저는 욕심이라고 말한 거예요.

늘 배우는 과정이라고 생각해야 됩니다. 성공의 확률을 조금 높이는 것이 내가 할 수 있는 일입니다. 성공의 확률을 조금 높이려면 서로 만나 대화를 나누고 상대가 나에게 어떤 요구를 하고 있는지 파악을 해야 됩니다. 상대가 무엇을 원하는지 전혀 모르고 만나는 것은 나의 어리석음에 해당합니다. 상대의 요구가 무엇인지를 알지만 그걸 다 해 줄 수 없을 때는 상대를 포기할 줄도 알아야 합니다. 상대가 요구하는 것을 다 해주려고 애를 쓰게 되면 내가 지치게 됩니다. 상대가 나쁜 게 아니라 서로의 요구가 다르다고 생각해야지 다음 기회에는 가벼운 마음으로 다른 사람을 만날 수 있습니다.

그 만남이 성공적으로 이루어지면 다행이고, 또 안 이루어졌다고 해도 실망할 필요가 없습니다. 실패를 통해 내가 이번에 무엇이 부족했는지 반성하면 됩니다. 그렇게 두 번 실수를 하면 세 번째 만남에서는 성공할 확률이 높아집니다. 실패를 하면 할수록 성공할 확률이 조금씩 높아진다고 할 수 있습니다. 그렇다고

무조건 성공한다는 말은 아닙니다. 모든 것이 배우는 것이라는 자세를 가지게 되면 어떤 만남이 이루어져도 괴롭지 않고, 설령 서로 안 맞아서 헤어져도 괴롭지 않게 됩니다. 만나도 되고 안 만나도 된다는 가벼운 마음으로 상대방을 대하면 두려움이 없어집니다. 계속 만나게 되면 계속 만나서 좋고, 헤어지게 되면 반성할 것이 생겨서 좋고, 사람을 이해하는 능력이 커지니 더욱 좋습니다.

"제가 지금 당장에는 미련이 남고 힘이 듭니다. 세월이 흐르면 괜찮아질까요?"

"미련이 생기면 전화를 하면 되죠. 세월을 기다릴 필요가 없어요. 전화를 해서 '내가 이런저런 것이 부족했는데 우리 다시 한번 만나보면 어떨까?' 하고 상대방의 의견을 물어보고 아무리 내가 상대방을 좋아해도 상대가 싫다고 하면 '그래, 알았다' 하고 탁 내려놓는 자세가 필요합니다. 지금은 헤어졌다고 울고불고 난리지만, 세월이 흐르면 이 괴로움은 뇌의 작용에 의해서 잊혀지게 됩니다. 그 시간을 3년이나 끌면 그만큼 자기 인생이 괴로워집니다. 포기할 것은 포기할 줄 알고, 미련이 남으면 시도를 더 해볼 줄 알고, 그럼에도 불구하고 뜻대로 안 되면 빨리 결단을 내릴 줄 알아야 합니다. 그래야 인생을 훨씬 가볍게 살 수 있습니다."

만나도 되고
안 만나도 된다는
가벼운 마음으로 상대방을 대하면
두려움이 없어집니다.

04

예쁜 걸 **좋아하는** 과보

"저는 올해 서른두 살입니다. 나이가 나이다 보니 결혼할 배우자를 찾으려고 노력하고 있어요. 제 생각에 배우자에는 몇 가지 조건이 있는 것 같아요. 능력도 봐야 하고 성격도 좋아야겠죠. 여기까지는 다른 사람과 비슷한데 저는 한 가지 조건을 더 살펴봅니다."

"특별하게 생각하는 본인만의 조건이 무엇인가요?"

"제가 최우선으로 손꼽는 조건은 외모입니다. 분명히 웃으실 텐데, 저는 남자를 볼 때 외모를 많이 봅니다. 과일만 해도 예쁘게 생긴 게 더 맛있지 않습니까? 지금까지 소개팅이나 선 자리에 자주 나갔는데 외모가 마음에 들지 않으면 제가 먼저 퇴짜를 놓았어요. 그랬더니 주변 반응이 제가 문제가 많다고 하더라고요. 스님, 결혼 상대자의 외모를 따지는 제가 문제가 많은 건가요?"

이 책을 읽는 분들도 자신에게 물어보세요. 잘생기고 예쁜 외모를 안 좋아하는 사람 있습니까? 남자든 여자든 잘나고 빼어난 외모는 다 좋아합니다. 남자 외모 따진다는 주변 평가에 항변조차 하기 어려운 이 질문자 역시 여러분과 비슷하거나 조금 더 솔직할 뿐입니다. 제 답변은 이렇습니다.

"괜찮습니다. 내 눈에 꼭 들어오는 마음에 드는 사람을 골라 잡아서 함께 사세요."

혹시라도 스님이 무슨 외모 타령이냐고 말하는 사람이 있을지도 모릅니다. 하지만 일단 솔직한 답변부터 시작했으니 차근차근 풀어 봅시다.

먼저 외모를 따지는 것 자체는 나쁘지 않습니다. 커피보다 녹차를, 카레보다 돈가스를 좋아하는 것처럼 취향일 뿐이니까요. 그런데 그것을 실행에 옮기자면 몇 가지 문제가 발생합니다. 첫째로 한눈에 봐도 외모가 참 괜찮다, 반할 정도다 싶은 남자는 찾기가 매우 어렵습니다. 왜냐하면 그런 잘생긴 남자는 벌써 누군가가 차지했기 때문이죠. 차마 사람을 대놓고 말을 못 하니까 부동산에 빗대어 이야기해 보지요. 그러면 조금 더 신랄하게 이 문제를 볼 수 있을 것입니다.

쉬운 예로 집을 사거나 팔 때를 한번 생각해 봅시다. 집을 사려는 사람은 누구나 싸게 구매하고 싶어 합니다. 반대로 파는 사람은 가능하면 비싸게 팔고 싶어 하죠. 집 같은 부동산은 대략 평균적인 시세가 있잖아요. 파는 사람은 시세보다 조금 더 받을 수 없을까 생각하고, 사는 사람은 시세보다 싸게 살 수가 없을까 생각을 해요. 특별히 욕심이 많아서가 아니라 대부분의 사람이 똑같습니다.

그래서 집을 알아볼 때 '진짜 값이 싸다'라고 감탄하는 경우는 거의 없습니다. 확률로 따지면 100개를 둘러봤다고 했을 때 2~3개도 안 됩니다. 물론 같은 지역에 같은 조건이라는 단서에서 말하는 겁니다. 가격이 상대적으로 헐값처럼 싸다면 뭔가 '하자'가 있는 집이기 쉽습니다. 하지만 그중에는 100개 중 2~3개의 비율로 가격이 싸게 나온 집이 있습니다. 구하려면 아주 없는 건 아니에요. 그런 집을 찾기 위해서는 최대한 많이 뒤지며 찾아봐야 합니다. 많이 보다 보면 상대적으로 가격이 싸게 나온 집들이 있습니다. 흔히 '급매'라고 파는 사람이 돈이 급하게 필요해서 평균 시세보다 싸게 내놓는 경우입니다.

반대로 시세보다 비용을 조금 더 주고라도 집을 빨리 찾아서 이사해야 하는 사람들이 있습니다. 급하게 구하기 때문에 시세보다 비싸더라도 매매를 서두르게 되죠. 그런데 그런 숫자가 많지는 않아요. 수가 적기 때문에 찾기가 어렵고 그만큼 노력을 해야 해요.

또한 평균 시세보다 가격이 싼 집은 구하기도 어렵지만 일단 시장에 나와 있다면 길게 고민할 틈이 없습니다. 이 집을 계약할까 말까 하면서 누구와 의논하며 고민하는 사이 다른 사람이 벌써 계약서에 도장을 찍는 경우가 많습니다. 집을 둘러보고 3일 뒤에 가면 이미 다른 사람한테 팔렸다는 말만 듣게 됩니다. 그 이유는 나만 집을 구하는 게 아니라 다른 사람도 같은 값이면 조금 더 싸고 좋은 집을 사려고 하기 때문이죠. 그래서 시세보다 가격이 싼 집은 부동산 시장에 나오기가 무섭게 금방 나가 버려요. 만약 내가 그런 귀한 물건을 보았다면 빨리 마음을 결정해야 계약을 성사시킬 수 있습니다.

벌써 여러 가지 어려운 점이 노출되었죠? 첫째로 구하기 어렵고, 둘째로 그래서 시간이 오래 걸린다는 점입니다. 셋째로 행여 그런 집을 어렵게 만났다 하더라도 경쟁이 치열하기 때문에 나와도 놓칠 확률이 높습니다.

사람들이 저에게 찾아와서 이렇게 물어요.

"요즘 부동산 경기가 안 좋아서요, 집을 내놨는데 안 팔려요. 스님, 빨리 좀 팔고 싶어요."

방법은 간단합니다. 그 동네의 비슷한 수준의 다른 집들 시세보다 싸게 내놓으면 팔립니다. 안 팔더라도 손해는 보지 않겠다

는 마음일 때 시세보다 높게 내놓습니다. 누군가가 급한 사람이 시세보다 높게 주고 살 경우가 있기 때문에 팔려도 좋고 안 팔려도 좋다는 배짱이 있을 때 그렇게 합니다. 반대로 가능하면 빨리 팔았으면 좋겠다 할 때는 시세보다 가격을 약간 낮추어 내놓으면 거래가 성사되기 쉽습니다. 이게 우리가 세상을 사는 원리다, 이런 이야기예요. 차마 사람을 대놓고 말을 못 하니까 부동산에 빗대어 이야기했습니다.

결혼 상대자를 구하는 일도 세상 사는 원리와 비슷합니다. 내 눈에 딱 드는 외모가 좀 되는 남자를 구하려면 첫째, 구하기가 쉽지 않아요. 그런 남자를 찾으려면 일단 많이 봐야 합니다. 좋은 집을 찾기 위해 100곳을 뒤지듯이 발품을 많이 팔아야 해요. 주변 사람들에게 적극적으로 알려서 소개도 많이 받아야겠죠. 주말이면 온종일 시간을 할애해야 하고 안 되면 이틀 간격으로 선도 열심히 봐야 해요. 일단 많이 만나다 보면 그중에 내 이상형과 가까운 사람이 있겠죠. 시쳇말로 '걸린다'고 하죠?

두 번째 문제는 내 이상형에 맞는 적당한 남자를 만났다고 가정했을 때 그 이후에 발생합니다. 그런 남자를 만났는데 머뭇거리면 이루어지기도 전에 깨지겠죠. 가격 싸고 좋은 집을 발견했는데 이럴까 저럴까 망설이는 사이 집이 나가 버리듯이 말이에요. 이런 불행한 사태를 방지하려면 '드디어 운명의 상대를 만났다' 싶은 순간에 얼른 결정을 해 버려야 해요. 결정이란 평소 소원하던 대로 외모 잘난 남자와 결혼하는 것이겠죠. 두 가지 문제점 모두 결코 결혼까지 가기가 쉽지 않다는 결론을 내릴 수 있습니다.

또 하나 생각해 봐야 할 문제는 이렇게 결혼을 하고 난 뒤 행복하게 잘 살겠느냐 하는 것입니다. 우선은 거기까지 생각하지 말고 결혼 단계까지만 상상해 봅시다. 선이나 소개팅을 열심히 하면서 평소 원하던 외모가 준수한 남자를 만났어요. 다행히 상대방도 내가 싫지는 않은 눈치예요. 후다닥 연애와 함께 얼른 날이라도 잡고 싶은 심정이겠죠.

나중 일은 그때 생각하고 그런 남자와 만났으면 일단 결혼을 해 보는 거예요. 단 3일을 살아도 좋다, 일단 한번 해 보자, 이런 마음이겠죠? 옛날에는 한 번 결혼하면 이혼도 뭐도 없이 평생 일부종사하면서 살았지요. 오직 한 번뿐인 기회니까 신랑감이나 신붓감을 구할 때 잘 골라야 했습니다. 무를 수 없었으니까요.

하지만 요즘은 세태가 많이 변했습니다. 그러니 내가 인물을 가장 중요하게 꼽는다면 인물 좋은 사람을 골라 일단 한번 살아 보는 겁니다. 한 1년 함께 살아 봤더니 생각했던 것처럼 기쁘지도 않고 즐거움도 없더라, 결혼 결정이 후회스럽더라 싶으면 그만두는 겁니다. 그 뒤에는 '사람 인물 따졌는데 그게 영 실속이 없더라' 하면서 실속을 찾아서 다시 한번 더 하는 겁니다.

또 다른 방법으로 2단계 작전으로 가는 것도 괜찮아요. 인물도 괜찮고 성격도 괜찮고 돈도 많고 학벌도 괜찮고 나만 사랑하고, 이렇게 모든 조건을 다 갖춰서 고르려면 신랑감을 찾기 굉장히 어려워요. 그러니 그 조건을 모두 갖춘 사람을 골라 한 번 결혼하는 것이 아니라 조건을 한 3명까지 분산해서 한 번씩 살아 보는 겁니다.

제 이야기를 듣고 "아이고, 스님. 결혼은 인류대사라는데 무슨 그런 말씀을……"이라고 말하는 분도 있을 겁니다. 어떤 윤리 도덕이니, 옳고 그르냐를 말하는 자리가 아닙니다. 내가 결혼 조건으로 외모를 꼭 따져서 내 마음에 쏙 드는 외모 잘난 신랑과 결혼하겠다고 원한다면 그 실천 방법을 현실적으로 실현 가능한 방법에서 찾아야 한다는 겁니다. 원하는 걸 성취하려면 무조건 욕심만으로는 안 되고 실현 가능한 방법을 선택해야 합니다. 이것이 우리 삶의 현실이에요.

결혼까지 성공했다고 가정했을 때 발생하는 문제가 하나 있습니다. 속설로 인물 잘난 사람은 인물값을 한다고들 하죠. 그러니까 결혼 후에 인물 좋은 배우자가 '인물값'을 하는 걸 봐야만 합니다. 사람이 잘생기고 멋진 이성에게 호감을 품는 건 당연한 심리 아닙니까? 유부남이라고 예외가 아니지요. 잘생긴 남편 주위에 항상 여자들이 있겠죠. 잘생긴 남자와 결혼해 살겠다고 내가 선택했을 때는 처음부터 그런 예상을 하고 각오해야지요. 그런데 그런 모습을 보면서 질투심으로 막으려고 하면 계속 싸움이 일어납니다. 마음으로는 '그래, 그만 안녕이다' 하고 그만두면 깨끗하게 끝나는데 어렵게 잡은 남편을 버리자니 아깝고 계속 살자니 얄미운 이중 심리가 일어나는 것이죠. 이래서는 결혼 생활이 결코 행복해지지 않습니다.

인물 좋은 사람이 처음에 연애할 때는 좋지만 결혼 후 같이 살기에는 나를 좋아해 주는 편한 사람이 더 좋거든요. 요즘은 흔하지 않겠지만 친구와 함께 사는 자취 생활을 떠올려 보세요. 함께 살 때는 밥을 제시간에 하느냐, 청소 당번을 정하면 제대로 하느냐, 공과금과 공동생활비 등을 제날짜에 내느냐가 룸메이트로서 꼭 필요한 조건입니다. 부잣집 아들이냐, 인물이 잘생겼냐 등은 기분의 문제이지 시간이 조금 흐르면 아무 의미가 없어져요. 그보다 나와 성격이 잘 맞고 배려심이 많아 함께 살기 좋은 사람이 좋은 룸메이트죠. 그런 걸 생각해서 선택하는 수밖에 없어요.

어떤 선택을 하든 언제나 인생은 공평합니다. 내가 좋아하는 사람을 선택하면 내가 좋아하니까 행복하죠. 이런 경우 내가 좀 숙이고 살아야 해요. 나를 더 좋아하는 사람과 살면 사는 것은 좀 편한데 내 마음에 만족감이 떨어져요. 항상 부족함이 남아 있어요. 그러니까 어느 것이 더 좋다고 말할 수 없어요.

선택은 문제가 안 됩니다. 어떤 선택을 해도 좋은데 여러분이 선택을 망설이는 이유는 선택의 결과에 대해 책임지지 않으려고 하기 때문입니다. 선택에는 선악도, 옳고 그름도, 잘하고 잘못함도 없습니다. 그저 선택에 따른 결과를 예측하고 그것을 감내하면 어떤 선택을 해도 좋은 것입니다.

여러분은 저한테 "어떤 선택이 좋습니까?" 하고 질문합니다. 제 대답은 "어떤 선택도 좋습니다"입니다. 종종 "저는 믿고 선택했는데 결과가 이래요"라고 말하는 사람이 있습니다. 하지만 그렇지 않습니다. 하나를 선택할 때 그에 대한 결과는 이미 예측이 됩니다. 결과를 바꿀 수는 없겠지요. 우리가 할 수 있는 최선은 결과를 미리 알아서 그런 현상이 일어날 때 기꺼이 받아들이는 자세입니다. 예측된 현상이 안 일어나게 하려면 거기에 따른 보완책을 마련해 실천해 나가야 합니다. 이것이 인생이에요.

제게 질문한 사람에게 다시 물었습니다.

"제 이야기를 듣고 어떤 결심을 했는지 솔직하게 이야기해 보세요. 아직도 결정을 못 했나요?"

"저도 그동안 겪었던 과거의 경험들과 그 때문에 얻었던 상처들을 생각해 봤어요. 스님 말씀처럼 잘생긴 사람도 만나 봤지만 끝은 그다지 좋지 않았어요. 제가 아직도 혼자인 이유겠죠. 스님의 말씀을 좀 더 새겨듣고 앞으로는 외모보다 성격을 먼저 살피고 저와 좋은 룸메이트가 될 수 있는 사람을 찾도록 노력하겠습니다."

"혹시 나중에라도 제가 그렇게 하라고 해서 했다고 책임을 저한테 떠넘기지는 마세요."

저에게 고민을 털어놓고 방법을 묻는 사람에게 제가 할 수 있는 일은 여러 경우의 수를 이야기해 주는 것입니다. 선택은 전적으로 여러분의 몫입니다. 여러분 각자 자기 인생이니까 누구도 대신해 줄 수 없어요.

우리가 할 수 있는 최선은
결과를 미리 알아서
그런 현상이 일어날 때
기꺼이 받아들이는 자세입니다.
예측된 현상이 안 일어나게 하려면
거기에 따른 보완책을 마련해
실천해 나가야 합니다.
이것이 인생이에요.

05

연인과 소통이 힘들어요

"저는 만난 지 2년 정도 된 남자 친구가 있어요. 제가 올해 서른 살이라 이제 슬슬 결혼을 생각해야 하는데요, 문제는 남자 친구와 소통이 잘되지 않아요. 마치 물과 기름처럼 따로 노는 느낌도 들고요. 평소에는 자신의 감정을 잘 보여 주지도 않고 말도 많지 않은 편인데, 술을 마시면 말이 많아지는 타입이에요. 사귄 지 2년이 되었으면 이제 서로 '아' 하면 '어' 하고 돌아와야 하는 시점인데 전혀 그렇지 못해요. 의사소통이 잘 안되는 벽 같은 게 있다는 느낌이 들어요. 어떻게 해야 그 친구한테 제가 좀 더 맞출 수 있을까요?"

상대방에 대해서 '이것만 고치면 이 사람도 괜찮은데……'라는 생각을 하면서 결혼하면 100퍼센트 실패합니다. 결혼도 그렇고 연애도 마찬가지예요. 소통이 안 되는 문제도 인정하고 상대방의 성격도 인정해 있는 그대로를 보고 선택해야 합니다. '지금 이대로는 60점밖에 안되지만 이것만 고치면 80점은 될 거야. 그러면 할 만해' 이렇게 생각하면 안 돼요. 고치는 게 쉽지가 않아요.

내가 고집을 부리며 고치지 않으려고 하는 문제가 아니라 철석같이 약속해도 나도 나 자신을 못 고칩니다. "백만 대군을 이기는 것보다 자신을 이기는 자가 더 큰 영웅이다"라는 말을 들어 보셨나요? 나 자신을 고치기가 얼마나 어려운 일인지 보여 주는 말입니다.

사람은 누구나 자신의 카르마를 고치기 어렵습니다. 쉬운 예를 하나 들어 봅시다. 생활 습관 중에서도 가장 중독성이 강한 담배를 예로 들어 보죠. 담배를 안 피우는 사람이 볼 때는 뭐가 어렵다고 그거 하나를 못 끊나 이렇게 생각합니다. 하지만 담배를 피우는 사람은 그거 하나도 끊기 어려운 거예요. 그러니까 '이것만 고치면 어떻게 되겠다'라는 말은 하면 안 돼요.

평상시에 말이 많지 않은 타입이라고 했지요. 말 없는 남자가 조금 답답한 면은 있어도 점잖고 좋지요. 그런데 이런 남자에게 결혼했다고 아침마다 "여보, 당신, 사랑해"라는 소리를 듣고자 하면 그건 욕심입니다. 만약 아침마다 내 남편이 혹은 내 아내가 다정한 목소리로 "여보, 사랑해"라고 속삭여 주길 원한다면 차라리 사람을 바꾸세요. 지금 남자와 헤어지고 새로운 인연과 만나는 편이 훨씬 빠릅니다. 상대를 바꿀 수 없다면 내 욕구를 버려야 합니다. 본래 태어날 때부터 그렇게 생긴 사람을 잡아 놓고 '네가 고쳐라'라고 주장하는 건 굉장히 오만한 일이에요.

소통이 안 된다는 것은 무슨 뜻일까요? 상대가 소통할 줄 모르는 인간이라고 단정한다면 그건 잘못이에요. 소통이 원활하게 이뤄지지 않는 이유에는 크게 두 가지가 있습니다. '상대가 먼저 소통을 하면 나도 하겠는데 내가 먼저 소통하기는 좀 그렇다'라고 생각한다면 이 문제는 자기 자신의 문제예요. 또한 '내가 소통하려 해도 상대가 잘 응하지 않는다'라는 생각도 역시 자기 자신의 문제죠.

예를 한번 들어 볼까요? 설악산을 좋아해 자주 등산도 가고 이 골짝 저 골짝 답사도 한다고 가정해 봅시다. 매주 산에 오른다고 해서 설악산이 산에 올라간 사람에게 좋아한다는 말을 한 번이라도 해 준 적이 있을까요? 벚꽃이 핀다고 화려한 꽃그늘을 구경하며 좋아해도 벚꽃이 '나도 너 좋아'라고 한 적은 없잖아요.

상대가 아무런 응답을 하지 않아도 나만 문제 삼지 않으면 소통이 된다는 뜻이에요. 즉 상대가 나한테 어떻게 해 주면 좋겠다는 요구만 내려놓으면 상대가 말하지 않아도 소통은 이루어집니다. 산하고도 소통이 되는데 사람하고 소통이 안 되겠어요? 강아지하고도 소통하잖아요. 강아지가 나에게 뭐라고 말을 해 줘서 소통이 되는 건 아니죠. 한마디 말을 하지 않더라도, 내내 짖기만 하더라도 내가 문제 삼지 않으니까 강아지와 나 사이에 소통이 이뤄지는 겁니다.

평소 말이 없는 편이라고 답답해하기보다 '이 사람과 연애를 해 보니 평소에 별로 말이 없구나. 그래, 남자가 말 많은 것보다야 낫지'라고 좋게 생각할 수 있는 문제죠. 하지만 그 뒤에 '그런데 그래도……' 하는 단서가 붙으면 안 돼요.

술을 마시면 말이 많아진다는 단점도 달리 생각할 수 있습니다. '이 사람은 어릴 때 말문이 약간 막혔나 보다. 심리가 억압된 사람이라 술을 마실 때만 많이 쏟아져 나오는구나' 하고 생각할 수 있습니다. 미래의 모습도 살짝 엿볼 수 있겠죠. 이 사람은 일이 제 뜻대로 안 되고 답답하거나 결혼 생활에서 부부 싸움을 하더라도 문제를 풀기보다 혼자 술을 마실 가능성이 큰 사람이라고 말입니다. 술을 잔뜩 마셨다면 그다음은 주정도 좀 하겠구나 하고 예측하는 거죠. 술을 마시고 주정하는 걸 나쁘게만 생각하지 마세요. 그 사람의 기질이 그렇게 드러난다고 여기시면 됩니다.

이런 상대와 내가 소통하고 싶다면 어떤 방법을 동원할 수 있을까요? 일방적으로 상대에게 내가 말할 테니까 너도 말하라고 주장하지 마세요. 아주 쉬운 방법으로 그냥 술집으로 데리고 가는 거예요. 처음엔 분명히 내가 말을 많이 하겠지만 술을 마시다 보면 상대도 말문이 트이면서 오히려 나보다 더 많은 말을 할지도 몰라요. 상대가 술이 덜 취했을 때는 내가 먼저 할 말 다 해 놓고, 그다음에 상대가 술에 취해서 말이 많아지면 그때는 그의 말에 귀 기울여 주세요. 이러면 반반씩 서로 주고받는 게 되잖아요. 서로 말을 하니 안 하니, 또 말을 듣니 안 듣니, 문제 삼으면 괜히 상황만 복잡해지고 머리만 아프고 가슴만 쓰립니다. 차라리 상대의 기질을 이용해서 적당히 반반씩 맞추면 서로 편하게 소통할 수 있습니다.

상대가 술을 마시고 말문이 트여 말을 할 때는 격려해 주는 게 좋아요. 그런 사람에겐 '당신 말이 맞아요. 아, 그런 문제가 있었구나' 하는 식으로 동의를 해 주세요. 술에 취해 말도 안 되는 소리를 한다며 받아 주지 않으면 더 이상 둘 사이에서는 소통이 이뤄지지 않습니다. 만약 그런 생각이 들어도 마음속에 꾹 눌러 담고 격려를 해 주세요. 그리고 했던 말을 또 해도 항상 처음 듣는 듯이 '아, 그랬구나'라고 반응해 주세요.

이런 사람일수록 어릴 때 이야기를 많이 합니다. 어릴 때 말문이 막힌 이후에 사고가 꽁꽁 묶여 있을 수 있기 때문에 격려를 해 주면 치유가 됩니다. 그래서 그 문제는 치유할 수 있어요. 그런데 그런 사실을 알아채지 못하고 술에 취해 주정이나 한다면서 말을 못 하게 막고 말문을 닫아 버리면 어떻겠어요? 어릴 땐 어른이 말문을 닫아서 말을 못 했는데 지금은 아내가 닫아 버리니까 저항을 하는 겁니다. 물건을 집어던지는 것과 같은 난폭한 증상이 나타날 소지가 있죠.

상대의 기질을 알았다면 그런 기질을 조율해 주면 돼요. 사기꾼 중에 성질이 불같은 사람이 있을까요, 없을까요? 한 명도 없습니다. 성격이 불같은 사람은 절대로 사기를 못 칩니다. 주변에 성질이 불같은 사람이 있다면 적어도 그 사람에게 속을 일은 없어요. 왜냐하면 이런 사람은 속을 알기가 굉장히 쉽거든요. 화가났는지 아닌지 얼굴에 그대로 드러나니 빨리 알아챌 수 있습니다. 불같이 성질을 부리면 이 사람이 저래서 저렇구나 하고 그 이유를 빨리 알아야 해요. 이유와 원인을 알면 해결 방법이 나올 테니 빨리 처리하고 화를 가라앉힐 수 있겠죠. 반대로 입을 꼭 다물고 있으면 그 속을 짐작하기 어려워요. 그래서 모든 일에는 서로 다 장단점이 있는 겁니다.

또 하나 잊지 말아야 할 점은 상대가 확 하며 성질을 부릴 때는 같이 대항하지 말라는 겁니다. 이런 상대와 싸움으로 번지지 않고 사태를 가라앉히는 방법은 무조건 내가 잘못했다고 해 버리는 겁니다. 일단 그렇게 상황을 넘긴 뒤 상대가 평정심을 찾으면 그때 미루어 놓았던 불만이나 서운함을 말하면 상대도 쉽게 수긍하고 미안해합니다. 맞붙으면 싸움만 될 뿐 해결되는 문제는 하나도 없거든요. 그럴 바에는 잠시 눈을 감고 피해 버리는 겁니다. 그리고 상대가 정신이 돌아오면 그때 냉정하게 말하는 거예요.

인간의 심리는 법률이나 도덕과 일치할 때도 있지만 그렇지 않을 때도 있다는 걸 알아야 해요. 도덕적으로 옳지 않다고 그냥 '나쁜 놈'으로 규정해 버려서는 문제를 해결할 수 없습니다. 인간의 마음 작용의 원리에 근거한 답을 안 찾기 때문이죠. 그러니까 마음의 원리를 찾아 대응해야 하는 거예요.

2년을 사귄 사이인데도 서로 소통이 잘 안되는 문제에 대한 해결책은 두 가지 방법이 있습니다. 망설이지 말고 '내가 이렇게까지 고민할 이유가 뭔가? 나를 좋아하는 사람도 많은데……'라고 생각하고 있다면 지금의 두 사람 관계는 끝내 버리세요. 연애를 2년 해 봤으니 연습이 많이 됐잖아요. 좋은 관계를 2년이나 가졌는데 어떻게 포기하느냐고 생각하지 마세요. 앞으로는 연애에 관해서라면 지금까지 충분히 연습을 했으니 자신 있

다고 좋게 생각해요. 그렇게 생각하고 헤어지는 방법이 있어요.

'서른 살이 넘은 나이에 어떻게 새로운 사람을 찾아 다시 또 2년을 사귀나? 별다른 사람이 있을까?' 이런 생각을 하고 있다면 지금 사귀는 사람에게 나를 맞추며 살겠다고 방침을 정하세요. 그렇게 정했으면 상대와 결혼한 뒤에 나타날 증상을 미리 한번 지켜보는 거예요. 판단이 잘 안 서면 술을 엄청 마시게 하고 어떻게 행동하는지 살펴보는 것도 방법입니다.

화가 크게 나는 상황을 만들어 상대가 어떻게 행동하는지도 살펴보세요. 나에게 완전히 실망하게 해서 어떤 반응이 나오는지도 알아보세요. 상대를 실험하는 것 같은가요? 하지만 이렇게 몇 가지 방법을 거치면 상대의 내면에 숨겨진 바닥이 어느 정도인지 드러납니다. 그 바닥까지 확인한 뒤 내가 이 정도까지는 감당하겠다 싶으면 결혼까지 가는 겁니다. 반대로 상대의 내면을 들여다보니 도저히 내가 감당할 수 없는 수준이다 싶으면 빨리 그만두는 겁니다.

흔히 결혼한 사람들이 자주 하는 말 중에 '연애할 때는 안 그랬어요' 하는 항변이 있습니다. 사실 누구나 연애할 때는 진정한 자기 자신을 조금씩 숨기거든요. 연애할 때 성질대로 행동하나요? 맞선 볼 때를 떠올려 보세요. 모두 제 모습을 그대로 드러내지 않지요. 맞선만 해도 그냥 평소처럼, 아니면 작업복을 입고 나가는 사람이 있나요? 아마 있는 옷 중 가장 좋은 것을 골라 입겠죠. 머리 모양도 새로 다듬고 화장도 평소보다 더 신경 써서 하고요. 선 자리에서는 상대 앞에서 평소와 다르게 몸가짐도 단정하게 하고 상대방의 이야기를 집중해서 듣죠. 그래서 선이라는 것은 어떤 부분에서는 사기예요. 하지만 이 정도의 사기는 사회 통상적으로 애교로 봐주는 거죠. 그러니까 구두 벗을 때도 조사해 보고, 화장을 지웠을 때의 얼굴도 다시 검사해 보고, 통장 잔고는 얼마인지 가진 돈도 알아보세요.

연애는 서로 약간씩 속이고 속아 줘야만 성립이 됩니다. 중매쟁이도 거짓말을 약간 해야 중매를 설 수 있어요. 서로 눈이 높기 때문이에요. 그래서 그건 그리 나쁜 짓이라고 볼 수 없어요. 동물들이 교미를 할 때 공작은 날개를 활짝 펴고 사자는 깃털을 있는 대로 치켜세우는 것처럼 자기가 가진 최고의 재주를 보여 주는 거예요. 물론 사람과 동물은 다르지만 사랑할 상대를 찾는 본능은 원초적으로 같습니다.

그것처럼 약간의 눈속임을 나쁘게 생각하지 마세요. 자기 목표를 달성하려고 하는 사람들의 몸부림이니까요. 사기라면 사기지만 좋게 보면 상대에게 잘 보이려는 몸부림이죠. 그걸 알고 대응을 해야 하는 겁니다. 처음의 고민 상담자에게 물었습니다.

"어느 쪽을 선택하겠어요? 이별을 고하겠어요? 아니면 한번 맞춰 보는 쪽으로 선택하겠어요?"

"모르겠어요. 생각을 좀 더 해 봐야 할 것 같아요. 제가 맞출 수 있을지, 아니면 지금이라도 그냥 헤어져야 할지."

'맞출 수 있을지'라는 말은 없어요. 맞추면 맞추는 거고 안 맞추면 안 맞추는 거죠. 내가 맞추는 것을 힘들어하는 이유는 상대에 대해 알아도 제대로 맞추지 못하기 때문입니다. 상대 역시 자신의 성질을 고치는 일이 쉽지는 않겠죠. 그러니까 고치는 걸 전제로 하지 말라는 말입니다. 그건 환상이에요.

아직 판단이 안 서면 한 100일 동안 아무 생각 하지 말고 기도를 해 보세요. 그러면 저절로 문제가 풀립니다. 내 마음이 이쪽으로 결정되든 저쪽으로 결정되든, 내가 기도하는 동안 남자가 가 버리든지요. 남자도 다른 여자를 보고 가 버리거나 나를 싫다고 할 수 있어요. 그러한 상황도 내가 결정하게 만들어 주죠. 이것도 아주 좋은 결정이에요. 혼자서 머리 굴려 봐야 머리만 아프고 아이디어도 안 나옵니다. 탁 놔 버리고 기도하면 복잡한 상황도 교통정리가 저절로 됩니다. 기독교식으로 말하면 100일 동안 '주의 뜻대로 하옵소서' 하면서 그냥 기도만 하는 거예요. 안 되려면 안 될 일이 벌어져 버릴 거예요.

상대가 아무런 응답을 하지 않아도
나만 문제 삼지 않으면
소통이 된다는 뜻이에요.
즉 상대가 나한테 어떻게 해 주면
좋겠다는 요구만 내려놓으면
상대가 말하지 않아도
소통은 이루어집니다.

06

절친했던 친구와
사이가 멀어졌어요

가깝게 지내던 친구와 관계가 멀어지면서 친구의 의미를 물어보는 분이 있었습니다.

"형제처럼 친했던 친구가 있었는데 함께 여행을 다녀온 후에 연락이 끊겼어요. 이유를 물어봐도 묵묵부답이었다가 최근에 다시 연락은 됐지만 안부 정도만 물으며 지내고 있습니다. 또 다른 친구는 매일 만날 정도로 가깝게 지냈는데 제가 자기 부탁보다 일을 우선시한다며 친구 관계를 정리하겠다고 했어요. 이런 일들을 겪고 나서 아무리 좋은 인간관계도 영원하지 않고 사람도 물건처럼 필요가 없어지면 정리를 할 수 있다는 사실을 알고 마음이 불편해졌어요. 진정한 친구란 어떤 사람을 말하는 걸까요?"

이 이야기를 들으면 친구들에게 문제가 있는 것 같지만 사실은 이분이 친구들에게 집착하고 있는 거예요. 친구는 늘 같이 있고 친밀해야 한다고 주장하는 것은 어린애 같은 생각입니다. 마치 어릴 적 우애가 좋았던 형제자매가 늙어서도 어릴 때처럼 다정하게 지내야 한다고 말하는 것과 같습니다. 어릴 때는 다퉈 일이라고 해 봐야 장난감처럼 소소한 것들이지만 성장해서 각자 가정을 꾸려 살다 보면 부모 재산을 가지고 다투기도 하고, 그로 인해 마음이 상해서 연락을 안 하게 되기도 합니다. 그런 일들이 일어난다고 해서 특별히 나쁘다고 생각할 필요가 없어요. 그게 인간사(人間事)이기 때문입니다.

어릴 때 친구들도 고등학교나 대학교로 뿔뿔이 흩어지게 되면 관계가 멀어질 수밖에 없습니다. 각자 새로운 친구로 관계가 옮겨가기 때문입니다. 남자의 경우 고등학교를 졸업하고 가깝게 지내던 친구들과 멀어지는 계기로 첫 번째는 군 입대, 두 번째는 결혼, 세 번째는 직장 생활을 꼽을 수 있습니다. 이렇게 새로운 사람들로 관계가 넓혀지면서 과거의 관계와는 소원해지게 됩니다. 새로 만난 사람들에게 시간을 많이 투자하니까 이전의 관계는 멀어지는 겁니다. 사람이 살아가면서 일어나는 자연스러운 현상이에요. 이전의 친구들과 보내는 시간은 줄어서 일 년에 한두 번 만나는 것에 불과한데 과거에 늘 붙어 다닐 때처럼 '우리는 항상 우정이 있어야 한다'라고 바라는 것은 과거에 집착하는 것입니다. 자연스러움을 자연스럽게 받아들이지 못하고 어린아이 같은 생각을 하는 거예요.

저도 불교 활동을 하기 전에는 동네 친구와 학교 친구가 많았지만, 절에 들어온 이후 불교 활동에 집중하면서 예전 친구들과의 관계가 소원해지고 수년간 보지 못했어요. 이것이 정상입니다. 나중에 만나면 서로 '반갑다!'라고 해도 그때 말뿐이고, 악수할 때뿐이고, 포옹할 때뿐입니다. 각자 자기 생활이 있으니까 돌아가면 그걸로 끝이에요. 그저 1년에 한두 번 만나면 '반갑다, 그동안 어떻게 지냈니?' 하고 나면 그걸로 끝이죠. 왜냐하면 옛날 친구들은 현재 나의 일상생활에 들어있지 않기 때문입니다.

친구는 어떻게 지내야 한다고 정해진 것이 없습니다. 친구의 뜻이 친한 사람이잖아요? 그래서 이웃 사람이라도 오랜 시간을 가까이에서 친하게 지내다 보면 혈연관계로 맺어진 사촌보다 낫다고 해서 '이웃사촌'이라는 말이 있어요. 옛날 시골에서는 사촌도 가족이니까 어릴 때는 가까이 지내다가 성장하면

서로 멀어집니다. 하지만 비록 남이지만 이웃에 있는 사람은 늘 가까이 지내니까 당연히 이웃이 사촌보다 더 좋게 느껴지죠. 형제나 친척은 어릴 때 가까이 있어서 친해진 것이고, 성장하면 각자의 길을 가니까 멀어지는 것입니다. 혈연관계는 없지만 학교에 같이 다닌다든지 이웃집에 살면 가까이 지내니까 친해지는 거예요. '몸이 멀어지면 마음도 멀어진다'라는 말이 있잖아요. 누구든지 가까이에서 서로의 생활을 함께 나누면 친해지는 것이고 설령 형제라 하더라도 멀리 떨어지면 관계도 멀어지는 것입니다.

첫 번째 친구의 경우에서 보듯이 사람 간의 관계는 멀찌감치 떨어져서 가끔 만날 때는 좋다가도 여행이라도 가서 같이 지내다 보면 취향이나 성격이 안 맞아서 틀어지기도 합니다. 연애를 몇 년간 오랫동안 해도 결혼해서 함께 살아보면 1년도 못 살고 헤어지는 것처럼 말입니다. 떨어져서 가끔 만나는 사이와 함께 살면서 서로를 속속들이 아는 사이에는 그만큼 차이가 있습니다. 데면데면한 사이인데 며칠 같이 지내면서 더 친해지는 경우가 있고, 반대로 친한데 붙어 지내니까 멀어지는 경우가 있습니다. 데면데면한 사이인데 더 친해지는 것은 상대에 대한 기대가 없다가 가까이서 보니까 생각했던 것보다 괜찮아서 친해지는 경우입니다. 원래 친한 관계일 때는 서로에 대한 기대가 크기 때

문에 가까이서 지켜보면 실망할 일이 많아 관계가 멀어지는 경우입니다.

자기 일을 우선시하지 않는다고 헤어지자는 두 번째 친구를 봅시다. 사람은 대부분 자기 일에 더 집중하고 살아갑니다. 친구를 싫어해서가 아니라 자기 일에 집중하다 보면 친구를 비롯해서 다른 일에는 시간과 마음을 덜 쓸 수밖에 없어요. 하지만 상대방은 전화도 받아주고 얘기도 나눌 수 있는 친구가 필요하기 때문에 '다른 일을 나보다 더 중요하게 여기는 사람과는 군이 친하게 지낼 필요가 없다'라고 생각할 수 있는 거예요. 관계를 정리하겠다는 친구의 말이 불편하게 들리는 이유는 본인이 자기중심적으로 이해관계를 따지기 때문입니다. 인간관계는 100퍼센트 이익만 보거나, 100퍼센트 손해만 볼 수는 없어요. 대부분의 관계는 이익과 손해가 반반이거나 많이 벌어져도 40 대 60 정도예요. 이럴 때 60의 손해 때문에 관계를 정리하려고 하면 40의 이익도 같이 버려야 합니다. 그렇다고 40의 이익 때문에 관계를 유지하면 60의 손해까지 함께 따라와요. 본인은 자기 일에도 집중하고 싶고 친구도 놓치기 싫은데 실제로는 그렇게 할 수 없으니까 마음이 불편한 거예요. 어떤 관계에서도 이익과 손해는 늘 함께 있습니다. 손해가 싫으면 이익도 버려야 하고, 이익이 좋으면 손해도 기꺼이 감수해야 해요.

첫 번째 친구는 여행을 하면서 아주 가까이에서 보니까 서로 취향이나 취미, 습관이 맞지 않아서 상처를 입은 것 같고, 두 번째 친구는 자신의 필요가 충족되지 않으니까 대안을 찾아 떠난 것 같습니다. 그래서 '그렇구나' 하고 받아들이면 되지 특별하게 의미를 부여할 필요가 없습니다. 어릴 때 생각에 젖어 과거에 집착하면 이런 고민이 생길 수 있습니다. 이건 본인의 문제이지 친구들의 문제가 전혀 아닙니다. 친구들에게 집착하고 있기 때문에 본인이 괴로운 겁니다. 집착하고 있다는 사실을 자각하고 내려놓으면 아무 문제가 없습니다.

누구든지 가까이에서
서로의 생활을 함께 나누면
친해지는 것이고
설령 형제라 하더라도
멀리 떨어지면
관계도 멀어지는 것입니다.

07

결혼이 두려워요

삼십 대 후반이라는 한 분이 어떤 사람과 만나서 결혼하는 것
이 좋겠냐고 물었습니다.

"제가 어떻게 하면 마음이 편안해지고 편안한 연애를 할 수
있을까요? 누군가 처음 만났을 때는 다 좋은 것 같고 그에 비해
내가 부족해 작아 보이는데, 몇 번 만남이 이어지면 그 사람의 단
점을 찾고 있는 저를 발견하게 됩니다. 좋은 사람과 만나 연애하
고 싶은 마음은 굴뚝같은데 몇 번 만나다 보면 끝낼 생각부터 하
는 거예요. 그동안 짧은 연애 경험이 전부이고, 늘 걱정이 많아

시작하기가 쉽지 않아요."

어떤 사람을 만나도 마음이 편하다는 건 우리가 바라는 궁극적인 목표죠. 수행 생활을 하고 있지만 저도 거기까지는 도달하지 못했습니다. 그런데 이분은 자신은 아무것도 안 하고서 저절로 편안한 상태에 이르길 바랍니다. 한마디로 표현하자면 욕심이 많죠.

"지금 몇 살이에요?"

"서른여덟 살이요."

"그동안 결혼할 뻔했던 적이, 연애하면서 결혼해야겠다고 마음먹었다가 그만둔 게 몇 번쯤 되나요?"

"결혼까지 하고 싶었던 적은 없었어요."

"아니, 그래도 사람을 만나서 결혼할까 말까 망설인 적이 있었을 것 아니에요?"

"한 번 정도 있었습니다."

"한 번? 지금까지 연애를 제대로 안 해 봤어요?"

"네."

"부모님 이야기를 물어서 미안한데 부모님 결혼 생활이 편안했나요, 갈등이 많았나요?"

"갈등이 좀 많았던 편이에요."

"어릴 때 엄마, 아빠가 갈등하는 모습을 보면서 '아이고, 나는 커서 결혼 안 해야겠다' 이런 마음이 든 적 있어요?"

"결혼을 안 해야겠다고 생각한 적은 없었어요. 그냥 결혼 생각이 없었어요. 혼자 살겠다는 독신주의 마음을 먹고 결혼하지 않았던 건 아니거든요."

이 사람의 심리를 분석하면 이런 결과를 도출할 수 있습니다. 엄마, 아빠가 갈등이 심한 모습을 보고 자라면서 어릴 때부터 결혼에 대해 부정적인 생각을 품게 된 것이죠. '나는 결혼하지 않겠다'라는 의식까지는 아니더라도 부모님이 다투는 모습을 보면서 '저럴 바에는 결혼을 왜 하나?' 하는 부정적인 생각을 나도 모르게 하면서 자랐을 겁니다. 이런 생각이 무의식 세계에 쌓여 있어 결혼에 대한 부정적인 생각과 함께 결혼에 대한 두려움이 생겨난 것이죠.

그런데 나이가 스무 살이 넘고 서른 살이 되면 이런 의식이 어떻게 변할까요? 성인이 되면서, 또 주변 친구들이 결혼해서 행복하게 사는 모습을 보면서 결혼하고 싶은 욕구가 생기겠죠. 한편으로는 결혼해야겠다는 생각도 들 테고요. 그러는 사이 남자를 만나면 나도 모르게 결혼 쪽으로 이야기가 흘러가거나 '이 사람과 결혼을 하면 어떨까?' 하면서 나도 모르게 상대와의 미래를 그려 보겠죠. 여기까지는 그 나이 또래가 겪는 비슷한 생각일 겁니다. 다만 이 사람은 거기서 결혼에 대한 욕구가 더 발전하는 것이 아니라 부모가 보여 줬던 결혼 생활의 부정적인 모습이 나도 모르게 자꾸 일깨워지는 겁니다. 그래서 상대를 두고 '이 사람에게 혹시 이런 문제가 있지 않을까?', '혹시 나중에 이 사람도 아버지처럼 되지 않을까?' 하고 비교합니다. 나도 모르게 자꾸 상대에 대해 부정적인 선입견이 일어나면서 결국은 결혼에 대해 주저하거나 두려움이 커지게 됩니다.

"제 아버지는 성격이 완벽주의자로 까다롭지만 크게 문제는 없으셨어요. 그냥 화만 자주 내세요."

"엄마는 어떠신가요?"

"엄마는 주로 아빠의 화를 받아 주는 입장이죠."

"못 받아 주니까 싸우셨겠죠. 화를 잘 받아 주면 왜 싸우겠어요?"

부부 사이에 갈등이 일어났을 때 한쪽이 일방적으로 화를 낸다고 가정해 봅시다. 같이 받아치지 말고 '아~ 이 사람이 지금 화가 많이 났구나' 하고 생각하고 그냥 넘기는 훈련을 하는 겁니다. 물론 어렵지만 화는 내버려두면 가라앉기 마련입니다. 다른 한쪽이 맞받아치면 화를 내던 사람은 더 화가 나서 불화로처럼 끓어오르죠.

내가 알게 모르게 무의식 속에서 결혼에 대한 부정적인 생각을 지니고 있다는 점에 항상 주의해야 합니다. 앞으로는 만나는 사람을 자주 바꾸는 것도 좀 생각해 봐야 해요. 상대가 바뀔 때마다 결혼에 대한 부정적인 생각은 더욱 커집니다.

결혼을 안 하겠다고 정하지 말고 자연스럽게 내버려두면 결혼을 안 할 수 없는 사건이 터질 수 있습니다. 결혼을 안 할 수 없는 사건이 무엇이냐고요? 누군가 나에게 흠뻑 빠져서 당신이 좋다며 미친 듯이 다가오면 어떻게 하겠어요. 별로 좋아하지도 않는데 주변에서 좋다며 두 사람 사이를 붙여 주는 때도 있죠. 어쩌다 보니 나도 모르게 어영부영 결혼을 안 할 수 없는 조건이 되어 버리는 겁니다.

이렇게 어쩔 수 없이 결혼하게 되는 것을 제외하고는 기본적으로 결혼하겠다는 생각을 탁 놓아 버리세요. 그러면 결혼에 대한 어떠한 부담도 없어지게 되겠죠. 꼭 결혼해야겠다는 생각을 하고 있으니까 자꾸 이런 고민이 되잖아요. 결혼하겠다는 생각이 없으면 고민될 게 뭐가 있어요.

그러다가 일하면서 혹은 살면서 어떤 상황이 벌어져서 결혼을 안 할 수 없는 조건이 되면 그때 결혼하면 되잖아요. 결혼을 안 하겠다고 결심한 건 절대로 아니잖아요. 혼자 사는 데 별로 문제가 없다고 생각할 뿐이죠.

그러면 이런 문제는 더 이상 고민이 안 됩니다. 다시 한번 설명하자면 결혼을 조금 쉽고 가볍게 여기는 거예요. 결혼 안 할 수 없을 만큼 어떤 문제가 발생하면 그때 가서 결혼하세요. '내가 너무 외로워서 도저히 견딜 수 없다, 그래서 남자라면 누구라도 좋다'라는 심정이면 결혼하겠죠. 극단적인 예도 들어 볼까요? 경제적으로 너무 어려워서 길거리에 나앉을 판인데 누가 공짜로 밥이라도 먹여 주면 가서 하인 노릇이라도 하겠다는 각오일 때 바로 결혼하는 겁니다. 누군가 내가 좋다며 나에게 목매달 듯 애정을 보내는 사람이 있으면, 이제까지 살면서 나 좋다고 쫓아다닌 사람도 없는데 애정을 호소하니 가상하잖아요. 그래서 '뭐 나쁘지 않아, 그냥 살아 보자' 이런 마음이 일어난다면 그때도 결혼하겠죠.

이런 특별한 경우가 생기지 않는 이상 혼자 살겠다고 마음먹으면 결혼에 관해 전혀 고민이 안 됩니다. 하지만 마흔 살을 넘기기 전에 나도 결혼을 해야겠다는 다짐이 있다면 내 마음을 바꾸려는 노력이 필요합니다. 나도 모르게 일어나는 상대에 대한 부정적인 생각을 없애야 해요. 상대를 볼 때 '이것도 마음에 들지 않고, 저것도 문제야' 이런 생각이 떠오르면 스스로 '내가 또 결혼에 대한 부정적인 카르마, 무의식을 일으키는구나' 하고 알아채야 합니다.

남자 친구로서는 잘 지내고 남자 동료나 선후배들과 술자리도 하면서 평소에 잘 지내는데 연애나 결혼으로 관계가 발전하려고 하면 관심이 떨어지는 증상이 자꾸 나타나는 이유는 아예 남자를 겁내서 나오는 행동은 아닙니다.

"평소 다른 사람들과 인간관계는 어떤가요? 다른 사람들이 본인에 대해 뭐라고 말하나요?"

"사실 연애뿐만 아니라 사람들과의 인간관계도 늘 겉돌고 깊이 있는 관계가 안 되는 것 같습니다. 함께하고 다들 즐거운데도 저만 불편한 느낌을 받을 때가 있어요. 다른 사람들은 그저 제가 조금 어둡거나 시원하게 웃지 않는다고 말하긴 하지만 성격은 좋고 편해 보인다고 하거든요."

남자들과 스스럼없이 잘 사귀고 성격도 활달한데 결혼만 유독 잘 이뤄지지 않는 사람이 있어요. 지금 고민을 이야기하는 분 역시 주위에서 성격은 좋고 편하다는 평가를 받잖아요. 좋은 해결 방법은 자신이 문제를 알고, 그다음 실천 방법으로 기도를 하는 겁니다. 이분에게는 어떤 기도가 도움이 될까요? 지금까지의 이야기를 듣고 생각해 보니 가장 먼저 부모님에 대한 감사 기도가 필요해 보입니다. 아버지에 대한 평가를 들으면 지금은 성인이 되어서 달라졌겠지만 어릴 때는 꽤 부정적이었을 겁니다. 그때 쌓였던 부정적인 감정이 많이 남아 있어요.

"한 100일 동안 어머니, 아버지한테 감사 기도를 좀 하세요."

부모님께 감사 기도를 드리는 동안 자연스럽게 변화가 올 거예요. 기도 내용은 다른 게 아닙니다. 아이고, 어머니, 아버지가 그동안 나를 키우느라고 얼마나 고생을 했을까? 내가 어릴 때는 미처 몰랐지만 한창때 우리 아버지도 힘들었겠다. 엄마는 아버지가 성질을 부릴 때마다 꾹꾹 참으며 인내하려니 얼마나 힘들었을까? 이 모든 것에 대해 '나를 키워 주고 참 고마운 분이시다'라고 감사 기도를 하는 겁니다.

그러면서 내 내면에 남아 있는 부모에 대한 부정적인 감정과 결혼에 대한 부정적인 인식을 없애는 겁니다. 이런 감정이 사라지면 나와 깊은 관계를 맺게 되는 사람을 부정적으로 보거나 두려워하는 것도 적어질 겁니다.

내가 어릴 때는 미처 몰랐지만
한창때 우리 아버지도 힘들었겠다.
엄마는 아버지가 성질을 부릴 때마다
꾹꾹 참으며 인내하려니
얼마나 힘들었을까?
이 모든 것에 대해 '나를 키워 주고
참 고마운 분이시다'라고
감사 기도를 하는 겁니다.

08

서로 다름을
인정하기 어려워요

"인간관계에 갈등이 생겼을 때 스님께서는 상대가 틀렸다고
보는 게 아니라 나와 다르다고 인정하면 마음이 편해진다고 하
셨습니다. 그런데 저는 다름을 인정하기보다 포기해 버립니다.
어떻게 하면 포기하지 않을 수 있을까요?" 이렇게 질문한 사람
이 있었습니다.

물병과 병뚜껑을 생각해 봅시다. 이 두 개의 물건은 크기가
서로 달라요. 그러나 물병이 크다고 말할 수는 없습니다. 병뚜껑
과 비교했을 때는 병뚜껑보다 물병이 크다고는 말할 수 있지만,

냉장고와 비교하면 물병은 작잖아요. 그래서 존재 자체는 크다고 할 수도 없고, 작다고 할 수도 없습니다. 다만 그것일 뿐입니다. 지금 이대로 다 소중해요. 그러나 비교를 하면 '크다', '작다'라고 말할 수밖에 없습니다. '크다', '작다' 하는 것은 인식 상의 문제이지 존재의 문제는 아닙니다. 크다, 작다는 것은 객관의 문제가 아니고 주관의 문제입니다.

이와 마찬가지로 두 사람의 생각이 다르다는 게 진실이에요. 그런데도 '나는 옳고, 너는 틀렸다' 하는 생각이 드는 이유는 나를 기준으로 삼기 때문입니다. 병뚜껑을 기준으로 하면 병뚜껑보다는 물병이 커요. 냉장고를 기준으로 하면 냉장고보다는 물병이 작아요. 기준을 뭘로 하느냐에 따라서 이런 말이 생기는 겁니다. 그렇기 때문에 '나는 옳고 너는 틀렸다' 이 말도 인식상의 오류에 해당합니다. 실제로는 '둘이 서로 다르다' 이렇게 말할 수 있어요. 둘이 서로 다른데 기준을 나로 잡아 버리면, 나는 옳은 게 되고, 너는 그른 게 되고, 나는 맞는 게 되고, 너는 틀린 게 되는 겁니다.

그럴 때 우리는 '네가 틀렸다. 고쳐라' 이렇게 말하는데 상대는 안 고칩니다. '고쳐라' 하는 생각은 결국 내 식대로 하겠다는 겁니다. 그래서 상대가 안 고쳐지면 화가 나는 거예요. 화가 나면 내가 힘들어집니다. 상대를 미워해도 내가 힘들어요. 힘이 드니까 '그래! 죽든지 살든지, 틀리든지 옳든지, 네 마음대로 해라' 이러면서 포기해 버리는 겁니다. 상대는 나와 다르다는 것을 인정하지 않기 때문에 이런 문제가 생기는 거예요. 다름을 인정하면 내가 스트레스를 받지 않습니다. 화가 나거나 미워지는 일이 안 생깁니다.

　그럼에도 불구하고 둘이서 같이 살려면 갈등이 생깁니다. 예를 들어, 한방에서 사는데 나는 덥고 상대는 추워요. 이때 나를 기준으로 하면 '너의 몸이 문제다' 이렇게 됩니다. 그런데 서로

다르다는 걸 인정하면 '아, 저 사람 입장에서는 덥구나' 하고 누구를 탓하지 않게 됩니다. 그래서 내 마음에 괴로움이 없습니다.

그런데 한방에 둘이 같이 살려면 누가 옳고 누가 그른 건 아니지만 조정을 해야 합니다. 그래서 여기에는 대화가 필요합니다.

"나는 약간 더운 것 같은데, 당신이 춥다니까 어떻게 할까?"

이럴 때 제일 쉬운 조정 방법이 상대를 기준으로 나를 맞추는

겁니다. 이 방법이 제일 쉽습니다. 나만 바꾸면 되기 때문입니다. 나는 더운데 상대는 춥다고 하면 내가 옷 하나 더 벗으면 되고, 상대는 더운데 내가 추우면 내가 옷 하나 더 입으면 됩니다. 제일 힘든 길은 상대를 고쳐서 나한테 맞추는 겁니다. 이 방법이 제일 힘듭니다. 상대가 내 마음대로 고쳐지나요? 그런데도 우리는 그 어려운 길을 선택하니까 인생살이가 피곤합니다. 그것보다 조금 덜 어려운 길은 중간을 선택하는 거예요. '나도 좀 고치고 너도 좀 고치자. 중간에서 타협하자.' 이런 세 번째 길도 있습니다. 그러나 상대가 쉽게 양보를 안 하려고 하기 때문에 이 길도 쉽지는 않아요. 대부분은 제일 어려운 길을 가려고 하다가 도저히 안 되면 자기가 대단히 양보한 것처럼 반반씩 타협하자는 길을 선택합니다.

다시 말하자면 서로 다르다는 걸 인정하고 나를 기준으로 상대를 고치는 걸 한번 시도해 보는 거예요. 그래서 상대가 고쳐지면 다행입니다. 나를 기준으로 상대를 고치는 것을 '나쁘다' 이렇게 생각하면 안 돼요. 서로 다르기 때문에 어떻게 조정할 것인가의 문제입니다.

첫째, 나를 기준으로 상대를 한번 조정해 보는 겁니다. 그래서 밀어붙였더니 상대가 흔쾌히 받아들인다면 아무 문제가 없어요. 나쁜 것도 아니에요. 둘째, 내 의견을 밀어붙였는데 안 받아들여진다면 중간에서 타협하는 것도 방법입니다. 셋째, 그런데 그것도 안 되면 나를 버리면 해결이 돼요. 다른 방법은 나 혼자서 결정을 못 하지만, 나를 버리는 건 언제든지 내가 결정할 수 있는 사안입니다. 그래서 자기를 버릴 수 있는 사람은 인생의 주인이 되는 거예요. 언제든지 자기가 결정권을 쥐고 있기 때문입니다. 어디를 가도 '뭐, 그거 내가 하지' 이렇게 자기가 결정을 내려 버릴 수 있습니다. 그런데 다른 사람을 고치는 건 내가 결정할 수가 없어요. 그래서 늘 스트레스를 받을 수밖에 없습니다.

이렇게 세 가지 방법만 있는 건 아니에요. 세 가지 모두 하나의 방에서 잔다는 걸 전제로 할 때 조정하는 방법입니다. 만약 방이 두 개라면 조정 방법이 또 있어요. 나는 이 방에 자고 너는 저 방에 자고, 너는 에어컨 켜고, 나는 그냥 자고, 너는 보일러 틀고, 나는 그냥 자고, 이런 조정 방법도 있습니다.

질문자가 자꾸 포기하고 싶다는 생각이 드는 이유는 자기 방식대로 하려고 하기 때문입니다. 그게 너무 힘드니까 결국은 '에이, 안 간다' 이렇게 되는 거예요. 욕심을 내서 너무 높은 산을 오른다고 정해 놓고 가다가 힘드니까 '에이, 산에 가면 뭐 해? 집에서 자는 게 낫지' 하는 겁니다. 이렇게 우리는 늘 양극단에 치우칩니다.

나와 다른 것을 인정하는 것이 바로 '존중'입니다. 존중은 '상대를 받든다', '네가 훌륭하다' 이런 뜻이 아니라 나와 다른 것을 그대로 인정한다는 뜻입니다.

나와 다른 것을 인정하는 것이
바로 '존중'입니다.
존중은 '상대를 받든다',
'네가 훌륭하다' 이런 뜻이 아니라
나와 다른 것을
그대로 인정한다는 뜻입니다.

09

결혼을 **반대하는** 부모님

　결혼을 앞둔 사람들이 이런저런 고민으로 저를 찾아옵니다. 결혼 적령기라고 하는 연령대의 남녀는 현실적인 문제부터 사랑에 대한 확신까지 더 깊은 고민에 빠집니다. 여기 소개할 사람의 이야기는 나이는 적지 않지만 소위 나잇값을 제대로 못 해 고민하는 사람입니다. 나잇값이란 다른 것이 아니라 제 나이에 어울리는 확실한 인생관이 없다는 뜻에서 하는 말입니다.

　"저는 결혼이 굉장히 하고 싶은, 나이 꽉 찬 미혼 여성입니다. 사실 작년에 사랑하는 사람을 만나서 결혼까지 생각하는데 문제가 하나 생겼어요. 어머니가 그 친구의 직업이 마음에 안 든다는 이유로 완강하게 반대하세요. 스님, 저를 지금까지 잘 키워 주시고 너무나 고마운 부모님의 반대를 무릅쓰고 제가 고집대로 결혼해야 할까요, 아니면 자식 된 도리로 포기하는 게 나을까요?"

"올해 몇 살이에요?"

"서른세 살입니다."

"스무 살이 넘으면 부모님이 반대하더라도 결혼하면 돼요. 내일이라도 둘이 조계사 법당에 가서 절하고 그냥 결혼하세요. 무엇 때문에 부모 눈치를 봐요?"

"저도 그러고 싶은 마음도 있지만 다들 행복한 축복 속에서 결혼하고 싶어 하잖아요. 상대에게도 그런 점에서 미안해요."

"결혼식장에서 뻔쩍뻔쩍하게 하는 예식은 실속이 없는 거예요. 그러니까 그냥 해 버리세요."

결혼을 계획하는 예비부부들과 만나다 보면 가끔 이렇게 부모님이 결혼을 반대한다며 괴로움을 호소하는 사람들이 있습니다. 어느 쌍이 찾아와도 제 대답은 같습니다. 물어 볼 필요도 없는 질문이기 때문입니다. 부모님의 반대로 고민한다는 핑계를 대는 것은 진짜 사랑이 아니기 때문이에요. 가슴속에서 진실로 '나는 이 사람이 없으면 안 된다'라고 생각하면 부모가 반대하든 주변 사람이 말리든 사랑하는 사람만 믿고 결혼하겠죠. 그렇지 않기 때문에 주변의 반대 의견에 마음이 흔들리고 고민하는 겁니다.

화려한 예식을 좋아하나요? 결혼식장에서 드레스도 입고 현란한 조명 아래 음악 소리에 발맞춰 행진해야만 축복받는 결혼일까요? 불교식 예식은 주례도 필요 없이 꽃 일곱 송이만 있으면 끝입니다. 법당에서 꽃 일곱 송이를 쥐고 있다가 남자는 아내 될 여자에게 "당신을 사랑합니다"라고 말하고, 여자는 남편이 될 남자에게 "당신을 사랑합니다"라고 하면서 꽃을 서로 교환합니다. 그 꽃을 부처님께 올리고 절을 하면 부처님이 주례를 선 예식이 끝납니다. 간단하지요? 이렇게 간단한 혼례라면 절차나 형식 문제로 고민할 일도 없습니다.

"나이가 서른세 살이나 되면서 부모가 반대한다고 고민이라는 사랑. 그러면서 '사랑'이라는 말을 입에 담지 마세요. 담을 자격도 없습니다."

"하지만 스님, 자식으로서 부모님한테 너무 죄송해요."

"죄송할 것 하나도 없습니다."

"제가 죄송한 마음을 먹지 않아도 되나요?"

"간단하게 말해서, 지금 결혼을 반대하는 분들은 부모가 아니라 사랑을 방해하는 '사탄'쯤으로 생각하세요."

"스님, 어머니가 스님을 굉장히 좋아하시는데, 제 어머니한테 말씀 좀 해 주시면 안 될까요?"

"나는 남의 일에 관여할 이유도 자격도 없어요. 솔직히 나도 결혼을 안 한 처지인데 내가 뭐라고 남의 결혼 문제에 관여하겠어요?"

결혼하면서 부모님이 축복해 줘야 한다고 말합니다. 그 말은 부모한테 뭔가 기대하는 게 있다는 겁니다. 결혼하면서 그것까지 다 얻고 싶은 마음이 숨어 있는 것이죠. 하지만 부모가 반대한다면, 안 되는 걸 어떻게 하겠어요? 스님이 가서 좋은 이야기도 해 주고 부모님도 설득해 주면 좋겠다고요? 스님도 그건 하기 싫은데요. 그게 인생이에요.

결국 내 결혼이니까 부모가 반대해도 그냥 내가 결혼하면 됩니다. 그 대신 부모가 축복해 주기를 기대해서도 안 되고, 부모가 경제적으로 지원해 주기를 기대해서도 안 됩니다. 내가 결혼을 선택했으니 부모의 축복이나 경제적 지원은 딱 포기하라는 뜻입니다.

그동안 제가 결혼식에서 주례를 맡은 경우가 두어 번 됩니다. 사실 나도 결혼을 안 했는데 무슨 남의 결혼 주례냐 싶어서 주례 부탁이 들어와도 정중하게 거절하는데 두 경우는 예외였습니다. 두 번의 주례 중 하나는 부모님이 결혼을 반대하는 연인이었습니다. 둘은 서로 너무 사랑해 꼭 결혼하고 싶어 하는데 부모님이 반대했어요. 그래서 제가 주례를 서 줬습니다.

부모님이 반대하는 결혼을 하려면 기억해 두어야 할 것이 있습니다. 반대를 무릅쓰고 하는 결혼은 부모가 찬성하는 결혼보다 불행할 확률이 높습니다. 부모가 반대하기 때문에 불행해지느냐고 묻는 사람도 있을 겁니다. 절대 그런 뜻이 아니에요. 결혼해 두 사람이 함께 살면 처음에는 마냥 좋지만 시간이 지날수록 서로 사소한 것부터 큰일까지 갈등이 생깁니다. 부부 사이의 갈등은 서로 다른 남녀가 만났기에 자연스럽게 발생합니다.

문제는 이 갈등에 대처하는 방식입니다. 부부 사이에 갈등이 생겼을 때 부모가 반대하는 결혼을 해 놓고 '아, 이래서 엄마가 반대했구나, 엄마 말 들을 걸……' 하면서 후회하는 사람이 있습니다. 그러고는 결혼을 끝장내는 쪽으로 행동합니다. 결혼을 반대하던 엄마를 다시 자기편으로 끌어들이는 겁니다. 지금까지 엄마는 결혼을 반대하는 방해꾼이었는데 이번에는 자기편이 되기를 바라는 거죠. 본래 결혼을 반대하던 엄마는 두 사람이 싸우고 갈등의 골이 깊어지면 이렇게 말합니다.

"거 봐라. 내 말 안 듣더니 내가 그럴 줄 알았다. 이것아. 지금이라도 늦지 않았으니 당장 짐 싸 들고 들어와. 다 그만둬."

부모가 갈등을 해결해 주지는 못할망정 오히려 결혼을 끝장내려는 태도로 자식에게 호응합니다. 그 뒤에 다가올 일에 대해서는 그림이 그려지지요? 그래서 부모가 반대하는 결혼은 자칫하면 갈등을 극복하지 못하거나 시련을 만나면 실패할 확률이 훨씬 높습니다. 또한 부모 반대까지 무릅쓰고 결혼했는데 내가 잘 살지 못했다는 자책감과 실망감이 보통 사람보다 몇 배 더 큽니다.

그런 사실을 미리 알고 결혼해야 해요. 앞으로 둘이 어떤 갈등을 겪거나 문제가 생기더라도 정말 사랑해서, 서로 포용해 낼 각오를 해야 합니다. 지금 부모가 반대하는 결혼을 하기 때문에 내 스스로 어떤 난관이 와도 이겨 내겠다는 각오가 있어야 합니다. 그리고 보란 듯이 잘 살아 보겠다는 다짐과 이를 위해 노력하는 자세가 필요합니다.

이러한 현명함으로 갈등을 극복해 가며 행복하게 살면 나중에 부모와의 관계는 어떻게 변할까요? 옛말에 자식 이기는 부모 없다고, 부모님도 처음에는 반대했더라도 행복하게 잘 살면 나중에는 지지해 줍니다. 설사 부모님이 지지해 주지 않는다고 한들 무슨 상관이에요. 조금 냉정하게 말하면, 결혼하면서 집을 떠나 새로운 가족 구성원으로 독립하기 때문에 남이에요. 지금 부모님이 결혼을 반대한다고 고민하는 사람은 심지가 약하고 평소 어머니한테 의지하는 게 많을 겁니다. 나쁘게 말해서 부모님에게 약간의 떡고물이라도 얻어먹으려는 생각이 무의식중에 있어요. 그런 생각을 딱 끊어야 합니다.

지금까지 고민을 털어놓은 자식의 입장에서 생각해 보았다면 결혼을 반대하는 부모님의 생각을 한번 알아봅시다. 부모 입장에서 이런 결혼을 반대하는 것은 너무나 당연합니다. 직업이 마음에 들지 않는다는 것이 표면적인 이유입니다만, 아마도 금전적인 문제나 외부 환경 등 결혼 조건이 크게 영향을 끼쳤겠죠. 곱게 키운 딸이 결혼해서 고생하며 사는 모습을 바라는 부모님은 한 분도 없으실 테니까요. 반대로 남자의 경우에도 곱게 키우진 않았더라도 부모라면 아들이 참하고 건실한 아내를 만나 내조 잘 받으면서 성공적으로 살기를 바라는 마음일 것입니다.

부모가 뜯어말리는 결혼을 강행하는 자식. 이런 경우 결혼 과정에서 부모는 경제적으로 지원해 줄 권리가 있을까요, 없을까요? '권리'라고 표현했지만 이 권리란 결혼에 반대하거나 찬성할 권리, 경제적으로 지원을 해 주거나 말거나 할 권리로 한정해 말합니다. 부모는 자식의 결혼에 대해서 자기 의사를 낼 자격이 있습니다. 또한 자식이 부모의 말을 듣지 않으면 경제적 지원을 끊어 버릴 권리가 있습니다. 자기 돈인데 자기 마음대로 하지, 왜 못 하겠어요? 그걸 인정해야 해요. 만약 부모님이 주실 떡고물이 갖고 싶다면 부모가 반대하는 상대는 사랑해도 포기해야겠죠. 이 심리를 단적으로 비유하자면 조건 좋은 남자와 사랑하는 남자, 둘 중 누구를 선택할 것이냐와 똑같은 거예요.

다른 예이지만 결혼을 앞두고 두 사람의 궁합이 안 좋다고 고민하는 사람들도 있습니다. 부모님이 반대하는 이유 중 궁합이 안 좋다는 것도 손꼽히는 이유죠. 우리 한번 생각해 봅시다. 사랑한다면 궁합이 좋네, 안 좋네 하는 것은 별다른 장애가 될 수 없습니다. 궁합이 안 좋으면 어때요? 궁합이 안 좋아 3년 살고 죽는다는 최악의 소리를 들었다 칩시다. 3년 살다 죽어도 좋은 일 아니에요? 내가 사랑하는 사람과 3년이나 살아 본 거잖아요. 궁합 안 좋다는 소리를 듣고 결혼을 포기했다면 3년도 못 살아 봤겠죠. 그 미련만 가득 남았을 겁니다.

좋아하는 사람과 한번 살아 봤으니 이제 혼자 살아도 좋고, 좀 덜 좋아해도 함께 살 수 있겠죠. 인생을 사랑하는 사람과도 살아 봤고 덜 좋아하는 사람과도 살아 봤으니 경험이 두 개나 생기는 거잖아요. 손해일 게 뭐가 있겠어요? 그런데 궁합은 왜 보고, 좋네, 안 좋네 하는 말에 귀를 기울일 이유가 뭐가 있나요? '나쁘면 어때, 내가 사랑하는데 손해를 좀 감수해야지' 이런 마음이 있어야죠. 나쁜 건 싫다고 회피하며 계속 주판알을 튕기듯 계산하니까 복잡한 거예요.

오늘 어머니한테 가서 "어머니, 저는 이 남자하고 결혼하겠습니다"라고 말씀드리세요. 어머니가 부모 자식의 인연을 끊겠다고 하며 결사반대하시면, 부모님께 당분간 인연을 끊겠다고 하세요. 그러면서 부모님께 절하고 감사 인사도 드리고 나오세요. 아무 준비도 없이 부모님께 선전 포고하듯 "내 마음대로 결혼할래요!" 하며 덜렁 집을 나와 놓고 오갈 데 없어서 사흘 만에 집으로 들어가 "엄마, 미안해" 하면서 비굴하게 행동하는 건 안 됩니다. 부모님께 인사하고 바로 보따리 들고 나갈 수 있도록 미리 결혼 준비를 해 놓고 마지막 결판을 내는 게 좋겠죠.

"어머니, 아버지, 뜻을 못 받들어서 정말 죄송합니다. 그러나 제가 언제까지나 세 살 먹은 어린아이도 아니고 제 인생은 제가 살아야 하겠기에 이제 독립하겠습니다. 그동안 키워 주시고 먹여 주시고 사랑해 주신 것 너무 감사합니다."

집을 나오라고 말했지만 부모를 미워하라는 뜻은 아닙니다. 내 결혼을 반대하는 엄마, 아빠가 미우니까 다시는 집에 돌아가지 않겠다는 마음은 곤란합니다. 결혼 허락을 안 해 주니까 미워하고 원망하는 마음을 품는 것은 지금까지 키워 주신 부모님에게 배은망덕한 것이죠. 오히려 그동안 잘 키워 주신 부모님에 대해서는 감사한 마음으로 인사를 드리고, 부모님의 뜻을 따르지 못하는 점에 대해서는 미안해하고 죄송한 마음을 지녀야 합니다. 괜히 내 앞길 가로막는 부모라며 미워하는 마음이 내 인생에 작용하면 안 됩니다. "지금까지 이렇게 키워 줘서 고맙습니다" 하면서 독립하는 겁니다.

그동안 부모가 결혼을 반대해 고민하는 연인들을 종종 만나 왔습니다. 그중 기억나는 커플은 남자 집에서 여자 나이가 더 많다는 이유로 결혼을 반대했습니다. 지금 어떻게 살고 있느냐고요? 아들 낳고 잘 삽니다. 요즘은 그 댁 부모님이 며느리와 손자가 예뻐서 못 견딜 정도로 사랑을 듬뿍 받고 있습니다. 또 한번은 외국인 남자와 결혼한다고 집에서 완전히 난리가 난 여자분도 있었습니다. 결혼 후에 외국인 사위가 잘하니까 결혼을 결사 반대하던 어머니도 지금은 그저 "내 사위, 내 사위"한다는 이야기를 전해 들었습니다.

몇몇 사례를 예로 들었습니다만 부모가 반대하는 결혼도 크게 문제 될 게 없어요. 자신의 인생관이 뚜렷하고 사랑을 믿고 스스로 행복하게 살겠다는 의지만 있으면 그 어떤 미래가 닥쳐도 헤쳐 나갈 수 있습니다.

그동안 잘 키워 주신 부모님에 대해서는
감사한 마음으로 인사를 드리고,
부모님의 뜻을 따르지 못하는 점에 대해서는
미안해하고 죄송한 마음을 지녀야 합니다.
괜히 내 앞길 가로막는 부모라며
미워하는 마음이 내 인생에 작용하면 안 됩니다.
"지금까지 이렇게 키워 줘서
고맙습니다"하면서 독립하는 겁니다.

10

행복한 **결혼이란?**

"저는 서른네 살의 미혼입니다. 고민 상담보다는 여쭤 보고 싶은 것이 있습니다. 스님은 행복한 결혼 생활이 무엇이라고 생각하시는지 궁금합니다."

"행복한 결혼 생활이 행복하게 사는 거지 뭐겠어요?"

행복하게 살면 행복한 결혼 생활이고, 불행하게 살면 불행한 결혼 생활이라고 말할 수 있어요. 그렇다면 행복하게 살려면 어떻게 해야 할까요? 방법은 간단합니다. 내가 상대에게 맞추면 됩니다.

쉬운 예로 설악산을 좋아하면 누가 좋습니까? 설악산이 좋습니까, 내가 좋습니까? 바다를 좋아하면 누구에게 좋습니까? 내가 좋아요. 바다가 나보고 좋다고 응답해 준 적도 없고 설악산이 나한테 응답해 준 적도 없어요. 사람과의 인간관계도 마찬가지입니다. 내가 상대를 이해하면 내 가슴이 후련하고, 내가 상대를 이해하지 못하면 내 가슴이 답답합니다.

우리 마음의 작용이 그렇습니다. 아무것도 없는 허공에 하느님이 있다고 믿으면 곧 신앙으로 형성됩니다. 그와 마찬가지로 내가 내 남자를, 내 여자를 믿으면 어떻게 될까요? 내 남자가, 내 여자가 그냥 하나님처럼 되는 거예요. 남이 뭐라고 말하든 댁의 남편이 어떻다고 험담하든 그런 이야기는 귀담아들을 필요가 없어요. 남이 하는 이야기를 먼저 들어야겠어요, 내 남편이나 아내가 하는 이야기를 먼저 들어야겠어요?

그런데 여러분은 누군가 여러분에게 와서 '당신 남자가 말이야 이렇더라?'라고 속닥거리면 금방 얼굴이 벌게지죠. 오죽하면 길 가는 사람의 말을 다 듣잖아요. 이런 현상은 바로 믿음이 없기 때문입니다. 부부 사이에 이해관계로 첨예하게 대립하여 믿음이 없는 것이 문제입니다. 이런 상황을 한번 생각해 보세요. 이웃의 누군가가 나에게 이런 말을 던집니다.

"네 남편 말이야, 호텔에서 어떤 여자하고 나오더라."

이때 내가 보일 수 있는 반응은 무엇일까요?

"그래? 그게 뭐가 문젠데?"

이렇게 쿨하게 반응하면 말을 꺼낸 상대만 민망하겠죠. 나에게 와서 반갑지 않은 소식을 전하는 그 사람은 내가 행복한 결혼 생활을 누리는 모습이 싫어서 어떻게든 오해의 꼬리를 잡게 하려는 수작일지 모릅니다. 이보다 더 쿨한 반응도 있습니다.

"그런데 너는 나한테 그런 얘기를 왜 하는데? 호텔에서 나오는 남자 여자 한두 번 봤어? 우리 부부 사이가 좋은 게 꼴 보기 싫어서 그래? 웃기는 사람 다 있네."

이렇게 아무 일 아니게 넘기고 말면 더 이상 나올 뒷말도 없어지겠죠. 그래도 상대는 아쉬움을 버리지 못하고 나를 꼬드길지 모릅니다.

"뭔가 의심스럽지 않아? 아니, 나는 걱정스러워서 그러지. 내가 남의 일이라고 생각하면 이러겠어?"

이렇게 끊임없이 이어지는 갈등 조장 수다들은 아예 차단해 버리는 것이 좋은 방법입니다.

"그런 생각 할 필요 없어. 오늘 저녁에 남편 들어오면 내가 물어 보면 되지, 뭐."

이런 상황에서 친구나 이웃의 말을 믿어야겠어요, 남편이 직접 해 주는 말을 믿어야겠어요? 남편 말을 믿고 의심의 싹도 틔

우지 않는 것, 그게 바로 부부입니다. 남자들이 거짓말을 하지, 그런 상황에서 진실을 말하는 사람이 몇이나 되느냐고 항변하는 사람도 있을 겁니다. 그 말 역시 맞습니다. 그래도 남편이 거짓말을 해 주니 얼마나 고마워요. 진실을 밝히면 부부관계를 끝내고 더 이상 못 살겠다는 결정을 오늘 당장 내릴지도 모르잖아요. 차라리 거짓말을 해 주니 일단 오늘은 분노에 잠기지 않고 넘길 수가 있잖아요.

이렇게 부부 사이에는 믿음이라는 게 있어야 합니다. 지금은 서로 믿음 없이 사는 사람이 많습니다. 사랑이라고 하지만 제가 보기에는 무슨 가을바람에 휘날리는 낙엽 같아요. 작은 문제만 생기면 바로 화가 일어나죠. 돈이 없어도 못 살겠다, 화만 내도 저 인간하고 못 살겠다, 하면서 말입니다.

흔히 부부 사이에서 일어날 수 있는 분쟁의 요소를 생각해 봅시다. 요즘은 남자나 여자가 모두 자유로우니까 이성 동창이나 옛 후배한테 전화가 걸려 올 수도 있습니다. 물론 결혼하고 이성 친구를 무분별하게 만나면 안 되지만 결혼했다는 이유로 인간관계를 다 끊고 살라고 할 수는 없습니다. 우리가 감옥살이하려고 결혼한 것은 아니니까요.

"여보, 대학 후배가 오랜만에 전화를 했네. 내일 저녁에 오래간만에 모인다는데 나도 가 봐야겠어."

"그럼 다녀와요. 내가 기다리니까 너무 늦지는 마요."

오랜만에 옛 추억과 해후하려는 남편에게 아내가 이렇게 답하면 얼마나 멋집니까.

"옛날에 내가 만났던 남자 친구 있잖아. 그 친구가 괴로운 일이 있다고 성화를 하는데 어떻게 할까?"

이렇게 털어놓는 아내에게 남편으로서 폼 나게 구는 좋은 방법도 있습니다.

"차비 줄 테니 다녀와. 괜히 우울증에 빠져서 사고 일으키지 않게 힘든 일이 있다면 잘 위로해 주고 와. 그래도 한때 당신을 사랑했던 사람 아니야."

우리 모두 가슴도 마음도 좀 열고 살아 봅시다. 얼마나 부부 사이에 자신이 없으면 일방적으로 매달리며 살까요? 초라하고 불쌍합니다.

이런 마음이 행동으로 옮겨지지 않는 이유를 저 역시 잘 알고 있습니다. 하지만 마음의 문을 열고 이렇게 화통하게 실천할수록 누가 큰 인간이 될까요? 내가 큰 인간이 되고, 내 삶이 행복해지고, 내 가족이 편안해집니다.

마음이라는 것은 좁히면 바늘 하나 꽂을 자리가 없어요. 반대로 마음을 넓히면 우주가 다 들어가도 텅 비어요. 좀 크게 생각하고 사세요. 조선 시대도 아니고 이 좋은 세상에 태어나서 왜 그렇게 살아야 합니까?

남녀가 만나는 것도 자유롭잖아요. 마음에 드는 상대가 나타나면 일단 만나 보고 그래도 좋으면 사귀어도 보고. 생김새가 나를 끌리게 한다거나 성격이 마음에 든다거나 혹은 넉넉한 금전적인 여유가 마음에 든다면 그저 내 마음 가는 대로 선택하는 겁니다. 다만 그 선택에는 과보와 책임이 따릅니다. 내가 선택했으니 그 책임도 스스로 지면 되죠. 내가 선택한 인생인데 내가 책임을 지면 되잖아요. 노력해 봤지만 잘 안되면 그만둬도 되잖아요. 우리가 사는 시대는 이렇게 자유롭게 선택할 수 있습니다.

단, 문제가 닥쳤을 때 왜 상대를 미워하느냐는 반성이 필요합니다. '내가 능력이 부족해서 도저히 안 되겠다. 관두자' 이렇게 정리하고 나서도 '그래도 당신하고 3년 지내면서 참 행복했다' 하고 좋게 생각하는 편이 훨씬 도움이 됩니다. 연애도 많이 하고 결혼도 여러 번 하면 친구도 많아지는 거예요.

'한 사람하고 살아야지'라고 마음먹으면 3년도 못 살고 헤어져요. 왜냐하면 그 사람한테 모든 걸 요구하기 때문에 상대가 숨막혀서 못 살아요. 제발 좀 껌처럼 딱 달라붙는 사람이 되지 말고, 쌀과자처럼 빠삭빠삭한 사람이 되세요. 좋으면 좋다고 말하고, 상대도 좋다고 하면 '오케이, 둘 다 좋네' 이렇게 말입니다.

내가 좋다고 했지만 상대가 싫다고 하면 '그건 네 자유니까. 그래도 나는 좋아. 나는 좋으니까 좋을 대로 할래' 이렇게 하면 되죠. 산도 좋아하는데 사람을 좋아하는 게 뭐가 문제예요?

문제가 생기는 원인은 '내가 널 좋아하니까, 너도 좋아해라' 혹은 '나는 세 번 좋아했는데 너는 왜 한 번만 좋아하는 거야?' 이렇게 자꾸 장사를 하니까 복잡해지는 겁니다. 그러니까 사랑이든 결혼이든 남녀의 감정 사이에서 장사하지 마세요. 사업적인 계산을 하지 않고 사람과 사람이 좀 편하게 만나고 마음을 열고 살면 어떤 사람과 만나도 평생 해로하며 살 수 있어요. 그렇게하면 저절로 행복해집니다.

결혼하면 행복할 것이라고 믿습니까? 그건 절대 아니에요. 행복하도록 내가 만들어야 해요. 부부는 서로 다른 두 사람이 함께 살죠. 그 속에서 내가 뭔가를 움켜쥐면 반드시 갈등이 생깁니다. 나는 된장찌개를 좋아하는데 상대는 김치찌개를 좋아합니다. 이때 '그래, 너 좋아하는 김치찌개 먹자. 이거 먹으나 저거 먹으나 배 속에 들어가면 똑같다'라고 생각하는 겁니다. 그래도 된장찌개가 먹고 싶으면 그냥 된장찌개를 끓이는 거예요. 상대는 제가 좋아하는 것이 아니라고 잔소리를 하겠죠? 그러면 내가 한 일이 있으니까 잔소리는 좀 들으면 되는 거예요.

그런데 그 잔소리도 안 들으려고 하면서 내 고집대로 하면 갈등이 멈추지 않습니다. 나쁜 표현으로 '너는 해라, 나는 그냥 흘려들으련다' 이렇게 넘어가 버리면 됩니다. 내가 한 행동이 있으니까 상대가 성질을 부리면 미안하다고 사과하면 끝나겠죠. 이렇게 좀 화끈하게 사세요. 둘이 살면서 날마다 싸우지 말고요. 이렇게 마음을 열고 시작하면 연애하기도, 결혼하기도, 결혼 후 부부 생활을 하기도 훨씬 쉽습니다. 혼자 사는 것보다는 둘이 살면 훨씬 재밌잖아요. 좋으니까 인류 역사가 지금까지 인간이 가족을 이루고 살게 해 왔지요. 가족 관계가 편리하고 효율적이라는 뜻입니다.

　욕심을 부리니까 갈등이 생기고 그러다 보니 혼자 사는 게 낫다는 결론이 나오게 되는 거예요. 여러분은 욕심 없이 화끈하게 서로 자유롭게 인정하면서 모두 행복하게 사세요.

내가 상대를 이해하면
내 가슴이 후련하고,
내가 상대를 이해하지 못하면
내 가슴이 답답합니다.

3 마음의 소리에 귀 기울이다

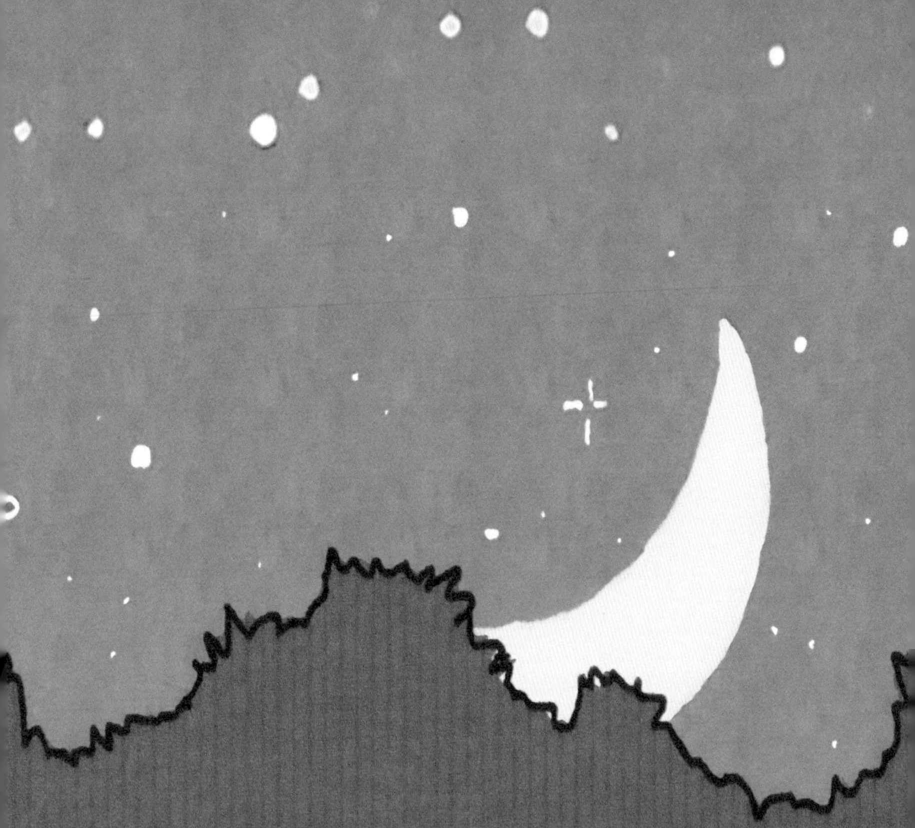

01

"7년 전에 정말 고생해서 간신히 좋은 직장에 들어갔습니다. 그 순간은 너무 행복했는데, 이후로는 너무 힘이 들었습니다. 가장 큰 고민은 조직 생활에 대한 부적응이에요. 이익 창출만을 위해서 인간을 비인간적으로 몰아붙이는 문화가 적응하기 어렵고 너무 큰 스트레스입니다."

"그중에서도 가장 힘들게 하는 일은 무엇인가요?"

"가장 힘든 건 사람들과의 관계입니다. 틈만 나면 다른 사람을 비난하고 험담하는 분위기예요. 사람뿐 아니라 조직에 대한 불평불만을 늘어놓는 사람도 많습니다. 어울리다 보면 저도 같이 물들어서 같이 불평하고 욕합니다."

"다른 사람들과 어울리다 보니 나도 모르게 나쁜 물이 들었다는 뜻이죠?"

"문제는 저에게 있다고 생각합니다. 본래부터 성격이 소심하고 남의 눈치를 살피며 예민한 편입니다. 기억을 더듬어 보면 유치원 때부터 남과 어울리는 걸 정말 싫어했습니다. 유치원, 초등학교, 중학교 계속 너무 다니기 싫었어요. 그래도 대학에는 들어가야 하니까 간신히 다니고, 직장도 다녀야 하니까 간신히 들어가서 '버텨야지' 하고 있어요. 하지만 직장 생활은 어차피 끝을 내가 내는 거니까, 언제까지 버텨야 하는지 고민이에요. 지금이라도 제 성격에 맞는 저 혼자 할 수 있는 일을 찾아야 할까요? 아니면 지금 직장에서 어떻게든 헤쳐 나가려고 노력을 해야 할까요?"

요즘처럼 취직하기 어려운 시대에 이 얘기를 들으면 '그것도 고민이냐?'라고 할지도 모릅니다. 하지만 직장 생활 7년 차라는 이분은 회사 일만 생각하면 마음이 너무 괴롭고 답답하다며 눈물을 글썽였습니다.

이 고민을 해결하기 전에 한 가지 재미있는 이야기를 해 드리죠. 하루는 어떤 부인이 저한테 와서 아이가 공부를 못한다며 호소했어요. 그래서 제가 몇 등이나 하느냐고 물었습니다.

"5등이요. 반에서 5등 해서는 서울대는 어림없고 연고대도 못 가요. 어쩌면 좋아요, 스님!"

그분이 한참 불평을 하고 돌아가고서 다른 분이 왔습니다. 역시 자녀에 대한 고민을 털어놓았습니다.

"우리 애는 반에서 겨우 10등이에요. 대학은 도대체 어딜 가야 할지, 제가 걱정이 너무 많아요."

그래서 제가 앞에 찾아오셨던 분도 아이 때문에 고민이 많더라고 말했습니다.

"그 집 애는 몇 등 한대요?"

"5등 정도라고 합디다."

"아이고! 5등 하면 됐지요. 뭐가 고민이래요? 10등 정도면 연고대는 고사하고 서울에 있는 4년제 대학도 갈까 말까 하는 처지예요."

그분이 돌아가고 또 다른 부인 한 분이 오셨습니다. 역시 똑같은 자녀 문제였습니다. 제가 앞서 찾아오셨던 분들의 이야기를 하자 이렇게 말했습니다.

"10등이나 하는데 무슨 걱정이래요? 저는 중간만 해도 좋겠어요, 정말."

그다음으로 또 다른 분이 와서 비슷한 고민을 털어놓았습니다.

"우리 아들은 꼴찌예요, 꼴찌. 제가 아주 창피해서 얼굴을 들고 다닐 수가 없어요. 제 소원은 중간이고 뭐고 꼴찌만 면하는 거예요."

그다음에 찾아오신 분이 말했습니다.

"그래도 그 집 애는 학교는 다니잖아요. 우리 애는 학교에 안 가겠다고 해서 골치가 아파요."

그 뒤에 오신 분은 기막히다는 듯이 이렇게 말했습니다.

"학교 안 가는 거요? 그게 무슨 걱정이에요. 저는 사고만 안 치면 좋겠어요."

그 뒤에 찾아오신 분은 한숨과 함께 이렇게 말했습니다.

"아이들이 자라면서 사고도 치고 속도 좀 썩이고 그러는 게 당연하죠. 사고 치고, 설사 감옥에 가 있어도 다 살아 있잖아요. 우리 아들은 죽었어요."

이 이야기를 들으면 어떤 생각이 떠오르나요? 사람은 누구나 하나씩은 걱정을 품고 있습니다. 문제는 이 걱정이 끝이 없다는 겁니다. 내가 원하는 바람이 이뤄지면 무슨 걱정이 있을까 하고 생각하기 쉽습니다. 하지만 막상 소원하던 일을 이루고 나면 새로운 욕구, 욕망, 바람이 또 생깁니다. 그게 이뤄지지 않으면 또다시 괴로움이 나를 괴롭힙니다. 그래서 우리 인생은 고뇌가 끝이 없다고 말합니다.

우리가 바라는 욕구를 채워서 문제를 해결하려고 하면 욕심이 끝이 없습니다. 문제를 해결하는 유일한 방법은 적당한 선에서 만족할 줄 아는 것입니다. 적정선이라는 것이 무엇이냐고요? 위의 부모님들을 예로 들어 보죠. 우리는 끊임없이 다른 사람과 비교를 하면서 삽니다. 예를 들어 아이가 반에서 10등을 한다고 가정해 봅시다.

'꼴찌 하는 애도 있는데 10등 하면 잘하는 거지.'

'10등 안에 들지 못하는 애가 절반도 훨씬 넘는데 5등 하면 됐지.'

똑같은 상황에서 생각이 얼마나 다를 수 있는지 알겠죠? 이렇게 사물을 긍정적으로 보는 자세가 우리에게 필요합니다. 사물을 긍정적으로 보면 좋은 점은 크게 두 가지입니다. 첫째로 마음이 가볍고 편안하고, 둘째로 우리의 몸과 마음속에서 생기 있는 에너지가 솟아납니다.

위의 고민을 상담하신 분 이야기를 가만히 들어 보면 매사에 부정적으로 사물을 본다는 것을 느낄 수 있습니다. 그것이 전부 자신의 카르마입니다. 문제는 최근에 갑자기 생긴 습성이 아니라 유치원 때부터 갖고 있던 본인의 성격 문제입니다.

이런 분이 결혼하면 어떨까요? 처음에는 직장 문제로 고민하던 사람이니 결혼하면서 회사를 그만두면 고민이 전부 사라질

거라고 생각할 겁니다. 복잡한 인간관계로 속 썩을 일도 없고 남편 한 명과만 관계를 맺으면 되니까 하고 간단히 생각할 수 있어요. 하지만 단언컨대 몇 년이 지나면 '이 남자하고 평생을 어떻게 사나?' 하면서 버티기를 할 겁니다. 지금은 내 업식(業識)이 직장에 쏠려 있지만 직장을 그만두면 남편이나 다른 가족 등에게 쏠릴 것이 분명하기 때문입니다.

이것은 어디를 가도 나타납니다. 왜냐하면 그 업식이 바깥이나 다른 사람이 아니라 나한테 있기 때문입니다. 언제나 그림자처럼 내 주변을 맴돌다 늘 따라다니며 나타납니다. 지금까지는 용케 학창 시절도 직장도 버텨냈지만 결코 한순간도 행복하지 못 했을 겁니다. 이렇게 오래 살면 뭐 합니까? 한순간을 살더라도 자유롭고 행복하게 살다가 죽는 게 인간이 누려야 할 삶 아니겠어요?

지금까지 나 자신에게는 사물을 부정적으로 보는 업식, 습관이 있어요. 업식이란 인도 말로 카르마라고 하는데 나도 모르게 의식화되어 세계를 보는 착각의 잣대, 선입관을 말합니다. 진실과 무관하게 내가 미리 단정하고 내 잣대로 왜곡해서 오해를 일으키는 우를 범하는 것입니다. 제가 하는 이야기를 듣고도 긍정적으로 보지 않고 '그래서? 내 고민을 해결해 주는 것도 아니잖아'라는 식으로 부정적인 면이 저절로 일어나는 것이죠. 항상 부정적인 입장에서 보기 때문에 본인 인생이 피곤한 거예요.

이제부터라도 극복해야 합니다. 매사 사물을 긍정적으로 보는 연습을 자꾸 해야 해요. 회사 업무나 회사에 다닐까 말까를 더이상 고민하지 마세요. 그것보다 먼저 회사를 부정적으로 보는 내 태도와 습관을 고쳐야 합니다. 그러니 회사를 내 잘못된 습관을 고치기 위한 연습 장소로 여겨 버리는 겁니다. 불교적으로 말하면 회사를 곧 내 수행 도량으로 삼는 셈이죠.

사소한 실천 방법으로 사람들이 남을 흉보면서 뒤에서 욕할 때 나는 동참하지 않고 욕하지 않는 것부터 행동으로 옮깁시다. 남들이 전부 하는데 어떻게 나만 안 할 수 있느냐고 묻겠죠? 남이 하든지 말든지, 나는 안 하는 연습을 해 보는 겁니다. 우리가 살면서 남의 말을 얼마나 열심히 듣는다고 남이 욕하는 버릇까지 따라 해야 하나요? 그럼에도 자꾸 남을 따라서 똑같이 행동하면 지금까지 살아온 습관대로 삶의 패턴대로 가는 것이죠. 그걸 안 하는 연습을 자꾸 반복해 보라는 뜻입니다. 직장 동료들이 다른 사람 흉을 보고, 회사에 대해 불평불만을 쏟아 놓을 때 나는 동조하지 않고 흉보지 않기를 실천하는 겁니다.

"남들이 다른 사람을 비난할 때 무심코 따라 하는 게 아니라 잠자코 나만이라도 욕을 안 하실 수 있겠어요?"

"네, 앞으로 욕하지 않기를 목표로 세우고 해 보겠습니다."

욕 안 하기를 목표로 세웠지만 현실적으로는 다른 사람이 욕을 할 때 나도 모르게 하게 될 겁니다. 사람의 의지가 강하지 못하기 때문이죠. 하지만 그전과 분명히 차이는 있을 겁니다. 내가 욕을 안 하기로 했기 때문에 적어도 남들 따라 욕하는 자신을 돌아보게 됩니다.

이때 자신이 사물을 부정적으로 생각하는 습관이 있기 때문에 '나는 안 되는 인간이야. 이것 봐. 목표를 세워도 난 늘 안 돼' 하고 생각하기 쉬워요. 그런 생각이 떠오르는 것을 가장 주의해야 합니다. '이번에는 안 됐구나. 나도 모르게 끌려갔네. 또 부정적으로 보는 데 동조했네' 하고 실패해도 다음번에는 잘 해 보겠다는 의지로 그 상황 자체를 연습으로 생각해야 합니다.

또 하나, 고민을 털어놓은 분의 이야기 속에서 회사가 비인간적으로 몰아붙인다고 했습니다. 이때도 비인간적이라는 생각은 하지 마세요. 물론 회사 조직 내에는 비인간적인 요소도 있습니다. 그 불합리한 회사의 구조를 고치려면 나를 먼저 고쳐야 합니다. 나를 고쳐야 그다음에 회사 조직도 고칠 수 있습니다. 나조차 못 하는 걸 회사 탓만 해서야 아무것도 변할 수 없잖아요. 그런데 지금까지의 이야기로 미루어 볼 때 질문자는 세상을 고치고 회사를 고칠 만한 역량이 안 되는 사람이에요. 우선 본인 인생부터 똑바로 살아야 할 사람이거든요.

두 번째 실천 방법으로 회사에서 맡은 일을 '기꺼이 하겠습니다', '네, 해 보겠습니다' 하고 긍정적으로 받아 보세요. 회사에서 주어진 일이라면 야근이든 이른 출근이든 장시간 업무가 요구되는 프로젝트든 모두 긍정적으로 임하는 겁니다. 못 하거나 안 되면, 혹은 실수를 하면 '죄송합니다' 하고 사과하면 그만입니다. 다른 사람과 대화할 때도 욕하는 사람을 비난하면서 동조하는 게 아니라 부정적으로 사물을 보는 내 습관을 고치는 연습으로 삼아 버리는 겁니다. 아침에 출근해서 저녁에 퇴근할 때까지 회사 일이 중심이 아니라 부정적으로 생각하는 내 습관 고치기를 삶의 최고 중심으로 삼아 이것만 연습하는 거예요. 얼마나 좋아요. 내 수행 연습을 하는데 회사가 월급까지 주잖아요.

우리가 대답은 잘하지만 사실 살아 보면 당연히 못 할 때도 있습니다. 입으로 거짓말하는 게 아니라 하겠다고 마음을 먹어도 현실에서는 다 못 할 수가 있어요. 그럴 땐 변명하지 말고 '죄송합니다'라고 사과하세요. '죄송합니다'라는 말이 처음에는 쉽게 나오지 않지만 자꾸 연습하면 그다지 어렵지 않습니다.

긍정적으로 보는 눈이 이루어져서 다른 사람도, 회사도 긍정적으로 보게 되면 이제 나 자신의 문제보다 조직이나 사회의 불합리한 문제들로 관심이 옮아갈 겁니다. '저런 것을 좀 고치면 힘들어하는 동료들이 더 편안하게 지낼 텐데'라는 데까지 생각이

미치면 이제 이것은 세상을 바꾸는 운동으로 변합니다. 내가 불편해서 하는 것은 불평불만에 그치기 쉽죠. 하지만 나는 괜찮지만 저런 문제 때문에 세상 사람들이 힘들어하니까 좀 고치는 게 좋겠다는 생각은 변화를 일으키는 운동의 시작입니다.

예를 들어 다른 사람은 불평만 하지 과장님한테 가서 말도 못하잖아요. 그때 내가 가서 생글생글 웃으면서 "이것 좀 고치면 어떨까요?" 제안하는 겁니다. 뭐라고 하면 "네, 알았습니다" 하고 물러납니다. 이튿날 서류를 가지고 가서 "과장님, 이것 좀 고치면 어떻겠어요?" 하고 다시 말하는 거예요. 이렇게 하면 상대가 성질을 내고 화를 내면 냈지, 나는 기분 상할 일이 없어요.

둘이 대립하는 상황에서 누가 이길까요? 웃으면서 말하는 내가 이깁니다. 내가 화가 나서 성질을 부리면서 하다 보면 두세 번 하다가 '에이, 더러워서. 내가 사표를 내 버리든지 해야지' 하면서 안 된다고 포기하거나 튕겨 나갑니다. 하지만 내가 아무렇지도 않으면 열 번, 스무 번 계속할 수 있어요. 결국 개선하는 데도 큰 힘이 됩니다. 이것이 우리가 말하는 분노 없이 혁명하는 길입니다. 분노로 혁명하게 되면 세상을 파괴하고 나 역시 상처를 입게 됩니다. 하지만 이렇게 하면 분노 없이도 우리가 세상을 바꿀 수 있습니다.

사실 실제로 해 보면 어렵습니다. 그래서 먼저 자기 스스로 연습을 해 보자는 것입니다. 아침에 일어나서 불교 신자라면 부처님께, 기독교 신자라면 하나님께 '오늘도 건강히 살아 있고, 출근할 직장과 할 수 있는 일이 있으니 감사합니다'라고 긍정적인 기도를 드리세요. 그리고 하루를 시작하는 겁니다. 친구에게, 부모님에게, 동료에게, 남편이나 아내에게 감사하는 마음을 갖고 표현하세요. 나는 다른 사람보다 훨씬 좋은 조건을 갖추고 있으니 더욱 행복하게 살 권리가 있어요. 긍정적으로 바라보면 지금까지 나를 괴롭히던 고민들이 얼마나 사소하고 보잘것없는 것이었는지 보는 눈이 생길 겁니다.

'오늘도 건강히 살아 있고,
출근할 직장과 할 수 있는 일이 있으니
감사합니다'라고 긍정적인 기도를 드리세요.
그리고 하루를 시작하는 겁니다.
나는 다른 사람보다
훨씬 좋은 조건을 갖추고 있으니
더욱 행복하게 살 권리가 있어요.

02

일상이 무기력해요

　고등학생 때부터 지금까지 한 번도 의욕적인 태도와 미래에 대한 희망을 품어 본 적이 없다는 청년을 만났습니다. 그래서 이 사람은 이십 대 초반의 나이에도 항상 무기력함과 지겨움을 느끼며 생활한다는 겁니다.

　"초등학생 때부터 미술이 좋았어요. 그래서 고등학교도 그쪽으로 진학하고 싶었고요. 하지만 부모님이 심하게 반대하셨어요. 저 역시 내가 재능이 있을까 걱정하며 자신감이 부족했죠. 그래서 그냥 남들처럼 고등학교에 들어갔고 똑같이 공부했습니다.

의욕이 없다고는 말씀드렸지만 그렇다고 제게 주어진 일을 열심히 하지 않았던 건 아니에요. 공부는 항상 열심히 했어요. 단지 무덤덤하게 할 일을 하고 있을 뿐이에요. 지금 스님께 묻고 싶은 것은 하기 싫은 일을 계속해 온 탓인지 아무것도 하고 싶은 일이 없다는 거예요."

"지금 무슨 전공을 공부하나요?"

"국문학과요."

"문학에는 관심이 별로 없어요?"

"네, 별로 관심이 없어요."

"허허, 이런. 그러면 본인이 좋아한다는 미술 관련 학과로 과를 옮기지 그래요?"

"솔직히 미술을 전공하려던 마음은 이미 고등학생 때 접었어요. 지금은 그냥 주어진 것 열심히 하려고 생각해요."

학창 시절부터 무덤덤하게 할 일을 열심히 하고 있다는 이 청년의 말. '열심히'는 과연 뭘까요?

"그림 그리는 일을 지금도 좋아하나요? 그림을 그리면 재미가 있어요?"

"네, 지금도 좋아하고 그림 그리기는 재미있어서 해요."

"그러면 국문학과는 다니되 틈나는 대로 그림을 그리세요. 학교는 낙제 안 하고 졸업할 정도로 대충 다니고 내가 좋아하는 그림을 계속 그리세요."

"그런데요, 스님. 제가 너무 성실한 성격이라서 공부를 열심히 해요. 대충 학교에 다니는 게 안 돼요."

"학교 공부는 성실하게 하면서, 지금 내 마음이 위축돼 있으니까 다른 방식으로 기분 전환을 하지 말고 그림 그리는 데서 즐거움을 찾으라는 말이에요."

분명히 그림을 그리는 일은 내가 좋아서, 내가 재미있어서 저절로 할 것입니다. 이렇게 학교 공부와 별도로 내 기분을 전환할 방법을 찾아 하면 일단 무기력했던 마음에도 생기가 조금은 돌 거예요. 무기력감과 지루함을 느끼는 지금 상태로 그대로 두면 우울증에 걸려 정신과 치료를 받아야 할지도 모릅니다.

그림 그리는 걸 부모님이 여전히 반대해도 크게 신경 쓰지 마세요. 설령 부모님이 캔버스를 집어던지며 반대해도 다시 주워와 "네, 알았어요" 하고서 그냥 그리면 됩니다. 부모님을 원망할 일도 주눅이 들어 의기소침해질 일도 아닙니다. 옷이나 가방을 사라고 용돈을 주시면 그림 재료를 사세요. 돈을 주신 엄마에겐 설명이 필요하겠죠.

"엄마, 나는 옷은 아무거나 입어도 되는데 그림은 그려야 해. 엄마 시키는 대로 공부는 할 거야. 그런데 그림은 그려 가면서 공부할게요. 내가 하고 싶고 좋아하는 일은 그림 그리기가 유일합니다." 주변에서 뭐라고 해도 내가 하고 싶은 일을 하면서 스스로 중심을 세우세요. 반대하는 엄마에게는 이렇게 항변해도 좋습니다. "내가 무슨 나쁜 짓을 하는 건 아니잖아. 내가 지금 무슨 술을 마시나, 도둑질을 하나, 살생을 하나? 아니면 거짓말을 하나? 엄마, 그림 그리는 거 외에는 아무것도 없는데 뭐가 문제야?"

마음의 중심을 잡아서 세우고 그림은 취미 삼아 그냥 그리는 겁니다. 국문학과를 졸업한 뒤 취직해서 직장에 나가도 상관없어요. 직장을 다니면서 틈나는 대로 내가 그리고 싶은 방식대로 그리세요. 남의 평가도 따지지 말고 알아주기를 바라지도 말고요. 너무 많이 쌓이면 가까운 사람에게 선물로 주고 어떤 사람에게는 종이나 물감값만 받고 주세요. 자꾸 이렇게 하다 보면 그림 그리기는 나에게 자긍심을 주는 하나의 중요한 도구가 됩니다. 10년, 20년 뒤에는 유명 화가로 평가받을 수도 있어요. 자기 혼을 불어넣은 생명 넘치는 그림을 그렸다면 말이죠.

그림을 그리기 위해 꼭 미술대학에서 공부할 필요는 없어요. 미술대학이 좋은 것만은 아니거든요. 미술을 전공하면 '그림'을 좋아하기보다 그림 그리기를 '돈벌이'처럼 직업적으로 생각하기 쉬워요. 그러면 좋은 그림이 나올 수가 없죠. 돈벌이 수단으로 기교를 부리는 그림은 예술이 아니에요. 그러니까 지금 내가 국문학과에 다니고 취직을 했다고 예술을 못 한다는 생각은 버리세요. 그렇게 이분법적으로 생각하지 마세요. 내가 좋아하는 마음만 있다면 예술은 어떤 상황에서도 얼마든지 할 수 있어요.

학교 공부를 등한시하라는 이야기가 아닙니다. 다만 하기 싫은 걸 억지로 하지는 말라는 이야기입니다. 우리 인생은 하고 싶어도 멈춰야 하는 일이 있고, 하기 싫어도 억지로 해야 하는 일들이 있어요. 이를테면 살생하는 건 하고 싶더라도 안 해야 할 일이죠. 물에 빠져 죽어 가는 사람이 있다면 힘이 들어도 건져서 구해 줘야 해요. 도둑질은 하고 싶더라도 하지 말아야 하는 일이고, 불쌍한 사람을 보면 도와주는 일은 돈을 좀 빌려서라도 해야 해요.

그런 의미에서 국문학과 공부는 내가 하기 싫으면 안 해도 돼요. 안 한다고 세상에 피해를 주는 건 아니잖아요? 공부를 안 하면 그 결과, 내가 학점이 조금 떨어지는 것밖에 없어요. 그림 그리고 싶은 건 내가 한다고 남한테 피해 주는 일이 아니에요. 돈이 조금 들고 시간이 들 뿐이죠. 그런 원칙을 갖고 스무 살이 넘었으니까 더 이상 엄마, 아빠가 어떻다는 이야기는 할 필요 없이 하고 싶은 일을 하세요.

"어릴 때 부모님과 사이는 어땠나요?"

"부모님이 엄격한 편이라 어릴 때부터 어른들 말씀에 순종하는 성격이었어요. 그러다 보니 의기소침하고 주눅이 든 아이였던 것 같아요. 제 성격이 조금 소극적이기도 하고요."

어릴 때 부모님이 내가 하고 싶은 일을 못 하게 한 이유는 뭘까요? 부모님이 왜 그러셨을까 되짚어 봅시다. 지금처럼 나를 괴롭히려고 그랬을까요? 엄마, 아빠가 우리 딸이나 아들을 잘 키우려고 그랬을까요? 당연히 부모님은 보기에 번듯하게 잘 키우려고 반대하신 겁니다. 인생을 먼저 살아온 경험으로 고된 길을 가려는 자식을 말리신 거죠. 이 친구처럼 그림이 예가 될 수도 있고 다른 여러 가지 꿈에 대한 부모님의 반대도 마찬가지입니다. 하지만 내가 하고 싶은 일을 반대했다고 부모님을 미워해서는 곤란합니다. 미움보다 오히려 고마워해야 합니다.

스무 살이 넘었는데 아직까지 엄마, 아빠가 시키는 대로 따라 하는 사람은 바보예요. 또 어릴 때 엄마, 아빠가 내가 하고 싶다는 일을 그냥 하게 내버려두지 않고 반대해서 내가 지금 이렇게밖에 되지 않았다며 부모님을 미워하는 사람도 바보예요. 내가 하고 싶은 걸 못 했다며 부모님을 미워하는 마음이 있다면 다 털어버려야 해요. 낳아 주고 지금까지 키워 준 것에 대해서는 고맙고 감사하게 생각해야죠. 하지만 스무 살이 넘었다면 성인이기 때문에 앞으로 계속 부모님 말을 들으면서 살 필요는 없어요.

물론 부모님은 지금까지와 마찬가지로 나에게 이런저런 간섭을 하실 겁니다. 그런데 지금 내가 벌어서 학교를 다닐 수 있습니까? 엄마, 아빠가 해 주는 밥을 먹고 엄마, 아빠 집에서 생활하고 학비나 용돈도 받죠? 부모 자식이라는 관계를 떠나서 내 생활에 필요한 이런저런 지원을 하는 후원자라고 생각하면 간섭은 조금은 감수해야 해요. 엄마, 아빠가 뭐라고 야단하면 그 심정을 이해하니까 "네, 알았어요"라고 대답하면서 나는 하고 싶은 일을 그냥 하는 거예요. 입으로만 대답하고 말을 안 듣는다고 야단하시면 "죄송해요. 다음부터는 잘할게요"라고 해 주세요.

그렇지만 부모님의 간섭에 내 인생을 전부 맡기면 안 됩니다. 내 인생은 엄마, 아빠의 인생이 아니라 내 인생이기 때문입니다. 내가 가야 할 인생은 엄마, 아빠 인생이 아니니까, 내 갈 길을 찾아가야 합니다. 부모님이 야단하시면 "죄송해요"라고 대꾸하면서도 내가 하고 싶은 대로 해 버리세요. 그러면서 내 인생이 온전히 내 것으로 바뀝니다. 더 이상 부모님의 간섭 아래 영향을 받는 게 아니라 내가 선택한 결과로 변하는 것이죠.

부모님 입장에서 생각하면 아들딸 잘 키운다고 최선을 다했는데 지금 이 사람처럼 엄마, 아빠 때문에 괴롭다는 자식들이 천지예요. 다시 말해 부모가 가장 원수예요.

재미있는 이야기를 하나 해 드리죠. 위대한 성자나 위인이 되는 데 최고의 방해꾼이 누굴까요? 정답은 첫 번째는 부모님, 두 번째는 아내나 남편이에요. 부처님이 스물아홉에 출가를 하셨는데 그때 부모님이 반대했을까요, 찬성했을까요? 일제 강점기에 독립운동가가 폭탄을 들고 일본군에게 뛰어들 때 부모님이 찬성했을까요, 반대했을까요? 단적으로 말합니다만, 부모님 말을 들었다면 이분들은 위인이 되지 못했을 겁니다. 부모도 자식이 부모 말을 안 들을 때 속상해하지 말고 '우리 애가 큰 인물이 되려고 그러나?' 하고 생각하세요.

스무 살 미만으로 자식이 어릴 때는 부모가 따뜻하게 돌봐 줘야 합니다. 지금의 부모님들은 따뜻이 돌봐 주는 건 옛날보다는 잘해요. 과거의 부모님들은 자식들을 거의 방치하다시피 하셨거든요. 문제는 자식들이 사춘기를 넘어가면 정을 떼고 자립심을 키워 줘야 하는데, 여전히 애완용 동물처럼 손안에서 돌보기만 하는 것이죠. 그 덕분에 애인을 사귈 줄도 모르고, 직장도 스스로 구할 줄 모르고, 스스로 자기가 할 줄 아는 게 없어요. 이런 결과는 전부 부모 탓이에요. 이런 건 사랑이 아니에요. 사랑은 어릴 때는 따뜻한 게 사랑이고, 사춘기 때는 지켜봐 주는 게 사랑이고, 스무 살이 넘으면 냉정하게 정을 끊어 주는 게 부모의 사랑입니다.

사랑이 처지에 따라 달라지는데, 이걸 몰라서 애는 애대로 쓰고, 고생은 고생대로 하면서, 자식은 자식대로 안되죠. 그 정도로 끝나는 게 아니에요. 자식만 피해자가 아니에요. 인과응보라, 과보가 반드시 돌아옵니다. 부모가 자식을 책임지는 문제만 생각해도 그렇죠. 지금은 죽을 때까지 자식을 돌보고 책임져야 하잖아요. 옛날에는 가난한 형편에도 자식을 일고여덟 명씩 낳았어요. 그 자식들이 열일곱, 열여덟 살만 되면 남의 집 머슴살이를 하든 뭘 하든 자기 밥벌이를 해서 부모를 봉양했어요. 이런 자녀 양육법은 간섭을 안 하면서 키우는 거죠.

제가 인도에서 수자타아카데미를 통해 아이들을 돌보는 사업을 하고 있습니다. 이 아이들은 어릴 때 부모에게 버림받아 반은 죽고 반은 살다시피 한 아이들로 학교도 못 다니는 형편이죠. 이 아이들은 중학생만 되면 벌써 어른이에요. 왜냐고요? 부모가 어릴 때 돌보지 않았듯이 어른이 되어도 간섭하는 사람이 없습니다. 그러니까 금방 어른이 돼 버려요. 몸뚱이 크는 만큼 자기 인생, 자기가 살아야 하니까 그렇습니다. 어떤 방법이 더 좋은 것인지는 저도 잘 모르겠습니다.

그렇다고 부모님 말에 무조건 반항하고 싸우라는 뜻은 아닙니다. 내가 하고 싶은 일에 소신이 있을 때는 부모님은 물론 주변의 다른 사람 의견을 귀담아들을 필요 없이 내 마음이 하는 소리에 귀 기울이라는 뜻입니다. 내가 더 잘되라고 내 꿈에 반대하는 부모님께 미안한 이야기지만 나는 내 길을 갈 뿐입니다. 엄마가 반대하는 건 엄마 생각이죠. 내 인생은 나의 것이니 그냥 내 길을 가면 됩니다. 이렇게 집에서부터 노력하면 밖에서 다른 사람과 만나는 대인 관계도 지금보다 훨씬 좋아질 겁니다.

부모님의 간섭에
내 인생을 전부 맡기면 안 됩니다.
내가 가야 할 인생은
엄마, 아빠 인생이 아니니까,
내 갈 길을 찾아가야 합니다.
그러면서 내 인생이
온전히 내 것으로 바뀝니다.

03

혼자 있는 시간이 너무 외로워요

고향을 떠나 혼자 사니 너무 외롭다는 대학생이 있었습니다. 혼자 있는 시간이 너무 우울해 자꾸 먹게 되고, 불안한 마음이 자주 든다고 고민 상담을 해 왔습니다. 외로움을 극복하려고 친구를 만나 봐도 그 순간에만 외로움이 사라질 뿐 집에 돌아오면 또다시 외로워진다며 괴로움을 토로했는데요. 이 학생에게 저는 몇 가지 방법을 제안했습니다.

근본적인 해결책은 혼자 있어도 외롭지 않은 경지에 이르는 것입니다. 그러려면 명상을 해 보는 게 좋습니다. 명상은 누가 같이 하는 게 아니거든요. 같이 있어도 침묵하고 눈 감고 자기 혼자해야 하는 거니까요. 명상을 하면 굉장히 힘이 듭니다. 그냥 혼자있어도 외롭기 때문에 명상을 하고 있으면 더 외롭고 답답해질거예요. 적응을 하는 데에는 시간이 걸리니까요. 그러나 그 고비를 넘겨 버리면 그다음에는 편안해집니다. 백팔 배 하는 게 힘들다고 하는 사람에게 천 배를 하라고 하면 훨씬 더 힘들겠죠. 그런데 천 배를 한 번 해 버리면 그다음부터 백팔 배는 아무것도 아닌 것이 돼요. 그런 것처럼 일주일 동안 완전한 침묵 속에서 하루종일 명상을 하면 도중에 미칠 것 같고 막 뛰쳐나가고 싶은 굉장한 저항이 따르지만, 그 고비를 넘겨 버리면 그다음에는 훨씬 좋아져요. 이렇게 혼자 있어도 불안하거나 외롭지 않고 편안한 경지를 경험해 나가는 게 필요합니다. 그래서 정기적으로 명상 프로그램에 참여해 보는 것을 권합니다. 이게 외로움에 대한 제일좋은 처방이에요.

지금 1인 가구가 많이 늘고 있지 않습니까? 벌써 1인 가구가전체의 절반쯤 될 거예요. 그러면 대부분의 사람들이 혼자 사는데에 익숙해질 수밖에 없습니다. 100세 시대가 되면 특별히 결혼을 몇 번이나 하지 않는 이상 여성은 생의 마지막 10년 이상을혼자 살아야 합니다. 또 요즘은 결혼 안 하고 사는 사람들이 늘어난다고 하잖아요. 앞으로는 혼자 사는 연습이 더욱더 필요한 시대로 바뀔 겁니다. 결혼을 했더라도 요즘은 떨어져 사는 경우도 많고, 각자 직장을 다니면서 자유롭게 생활하는 문화가 갈수록 늘어나고 있기 때문에 더욱더 그렇습니다. 옛날에는 식당에 혼자 밥 먹으러 못 가는 사람이 많았습니다. 굶으면 굶었지 혼자 식당에 가서 어떻게 먹냐고 하는 사람이 많았는데, 요즘은 혼자 밥 먹는 것이나 혼자 여행 다니는 것이 너무나 자연스러운 일이 되었습니다.

또 그동안 우리는 여자와 남자는 각각 반쪽이고, 반쪽 두 개가 모여 온전한 하나가 된다고 배워 왔습니다. 그런데 그렇게 되면 반쪽이 없어질 경우 불안한 삶을 살아야 하잖아요. 수행이라는 것은 내가 스스로 온전한 쪽이 되는 겁니다. 수행을 통해 내가 스스로 온전히 동그랗게 되면, 동그란 둘이 만나도 완전한 온달 모양이 되는 거예요. 그러다가 한쪽이 없어져도 남은 한쪽은 여전히 온달로 있게 되지요. 이처럼 혼자서 온전히 살아갈 수 있는 힘을 가진 다음 결혼을 하든 동거를 하든 해야 서로에게 부담을 주는 무거운 관계에서 벗어날 수가 있습니다. 많은 사람들이 서로 의지할 수 있는 좋은 점 때문에 결혼을 하지만, 실제로는 늘 서로 눈치를 보고 속박을 받고 살아갑니다. 이는 각각이 아직 온전하지 못하기 때문입니다. 온전한 두 사람이 만나면 같이 살아도 갈등이 없고, 설령 헤어진다고 해도 갈등이 없게 돼요. 그래서 어차피 혼자 사는 연습을 해야 합니다. 이것이 질문자의 고민에 대한 근본적인 해결책입니다.

그런데 명상을 한다는 게 쉬운 일은 아니에요. 명상은 뭘 배우기가 힘들어서가 아니라 가만히 있는 게 힘들어요. 그냥 가만히 있으라고 하는데도 엄청 힘들어합니다. 명상이 어렵다면 본인의 본래 습관대로 사는 방법도 있습니다. 다양한 사람을 만나면서 살면 됩니다. 친구들도 만나고 부모님과 같이 사는 방법입니다. 아니면 연애를 하든지 동거를 하든지 간에 한집에서 같이 살 사람을 구해서 함께 사는 방법입니다.

앞의 두 가지 방법은 서로 상반됩니다. 하나는 아예 혼자 있어도 아무렇지도 않은 경지를 스스로 연습하는 방법이고, 다른 하나는 인간관계 속에서 외로움을 해결하는 방법이니까요. 외로움을 극복하는 길은 이렇게 두 가지 중에 하나를 선택하면 됩니다.

이 두 가지 길을 선택하고 싶지 않다면, 외로움을 어느 정도 감수하는 방법도 있습니다. 밤에 외로우면 공부를 하면 됩니다. 책을 집중해서 보면 외롭지 않습니다. 사귀던 사람이 있는 상황에서도 책은 혼자 봐야 하는 거잖아요. 손잡고 같이 책을 볼 수는 없으니까요. 책을 보고 있으면 외로울 일이 없습니다.

혼자 살면서 공부는 안 하고 딴생각을 하고 있으니까 외로운 겁니다. 공부할 시간이 부족해서 수면 시간까지 부족하게 되면 외로움을 느낄 겨를이 없어져요. 혼자 사는 제가 외롭지 않은 이유는 잠잘 시간도 부족하게 생활하니까 딴생각을 할 겨를이 없어서 그래요. 그런데 시간이 남아돌면 자꾸 딴생각을 하게 되고 불평이 생기죠.

젊은 사람이 가족을 떠나 타지에서 혼자 사니까 외로울 수밖에 없죠. 이건 특별하지도 않고 너무나 당연한 거예요. 이런 외로움을 이겨 내고 자기가 원하는 공부를 할 것인지, 아니면 공부를 포기하고 그냥 집으로 돌아와서 가족 속에서 행복한 삶을 살 것인지, 둘 중에서 선택을 하면 됩니다.

스님이 되려면 혼자서 사는 걸 감수해야 하고, 농사를 지으려면 손에 굳은살이 생기는 것을 감수해야 하는 것처럼 어떤 선택에는 반드시 책임이 따릅니다. 스님이 되고 싶은데 다른 사람과 함께 살고 싶고, 농사를 짓겠다고 하면서 편안하게 생활하겠다고 하는 것은 성립되기 어렵습니다. 더 배우기 위해서 타지에 가게 되면 외로움을 느끼는 것이 당연합니다. 그 외로움으로 인해 학업을 포기할 것인지, 학업을 이어가기 위해 밤에 눈물 흘리면서 끝까지 공부할 것인지 선택을 하면 됩니다. 공부에 더 집중하든지, 밤에 같이 지낼 수 있는 사람을 사귀든지, 명상을 해서 언제나 혼자 있어도 외롭지 않은 경지로 나아가든지, 선택하면 돼요.

온전한 두 사람이 만나면
같이 살아도 갈등이 없고,
설령 헤어진다고 해도
갈등이 없게 돼요.
그래서 어차피 혼자 사는
연습을 해야 합니다.

04

사랑고파병

"저는 인간관계를 가볍고 쿨하게 하고 싶습니다. 그러나 불안한 마음, 외롭고 관심받고 싶은 마음, 의지하는 마음 등 질척거리는 마음이 올라올 때가 있어요. 어떡하면 이런 질척거리는 마음이 줄어들까요?"

그런 마음이 안 일어나면 좋겠죠? 그런데 일어나는 걸 어떡하겠어요. 가령 내가 키가 크면 좋지만, 키가 작은 걸 어떡하겠어요? 내가 장애가 없으면 좋지만, 장애가 이미 있다면 그런 장애가 있는 가운데서도 나는 행복하게 살아야 해요. 내가 그러고 싶어서 그런 게 아니라 마음이 저절로 그렇게 일어나는 겁니다. 이 것은 내 카르마입니다.

이건 누구 책임인지를 따진다고 해서 해결되는 게 아니에요. 이게 내 현실이에요. 자기를 아는 게 매우 중요합니다. 자꾸 남하 고 비교해서 남처럼 되려고 하면 내가 남들과 조건이 같지 않기 때문에 그렇게 되기가 굉장히 어려워요. 물론 이런 마음이 없으 면 더 좋을 수도 있겠지만 현실은 그렇지 않습니다. 그러나 이렇 게 질척거리는 마음이 있고, 의지하는 마음이 있고, 관심받고 싶 은 마음이 있지만, 그래도 죽는 것보다는 낫잖아요.

'내가 100미터 달리기를 12초에 뛰면 좋지만, 20초에 뛰는 것만 해도 어디냐.' 이렇게 자기에게 주어진 조건을 긍정적으로 받아들이는 게 필요해요. 질척거리는 마음을 보면서 '그래, 좀 질 척거리는 마음이 남아 있네. 좀 의지하는 마음이 남아 있네. 에 이, 아직도 기대고 싶은 마음이 있네' 이렇게 알고 인정하는 게 우선 필요합니다.

그걸 인정하는 가운데 바뀌겠다는 결심이 필요해요. 그렇게 살아가면 나에게 손해이고 내가 남에게 매달리며 살아야 하잖아 요. 그러니 그런 마음이 일어나긴 하지만 그렇게 안 살아야겠다 는 것을 지향하고 살아야 합니다.

예를 들어 어릴 때부터 음식을 좀 짜게 먹는 습관이 있다고 합시다. 시골에서는 반찬이 귀하니까 짜게 해서 조금 먹도록 했거든요. 그게 오랜 습관이 되다 보니 다른 사람과 같이 식사를 해보면 조금 짜게 먹는 편이라는 걸 알 수 있습니다. 그런데 짜게 먹으면 건강에 안 좋다고들 하잖아요. 이럴 때는 짜게 먹어서 건강이 나쁜 것을 받아들이든지, 건강이 안 나빠지게 하려면 입맛에는 좀 안 맞더라도 싱겁게 먹으려는 노력을 자꾸 해야 합니다. 애초에 짜게 먹는 습관이 없으면 좋겠지만 이미 그런 습관이 있는 걸 어떡하겠어요? 이미 이런 습관이 있다면 짜게 먹고 건강이 조금 나쁜 것을 받아들이든지, 건강이 안 나빠지려면 좀 입맛에 안 맞더라도 좀 싱겁게 먹든지, 이 두 길밖에 없습니다.

이 질문에 대해서도 두 가지 길이 있어요. 질척거리는 마음으로 뒤끝을 갖고 살든지, 아니면 을로 살 수밖에 없는 조건을 갖고 있다는 사실을 인정하되, 내가 을로 안 살려면 그런 질척거리는 마음을 보면서 '어, 이게 내 카르마구나' 이렇게 알아차려서 자꾸 의지하는 마음을 버려 가는 연습을 해야 합니다.

카르마라는 것은 오래된 습관이기 때문에 잘 안 고쳐져요. 그러나 본인이 그걸 꾸준히 알아차리고 노력하면 조금씩 개선은 될 수 있습니다. 예를 들어 음식을 싱겁게 먹는 연습을 1년이고 2년이고 3년이고 계속하면 변화가 생깁니다. 맛을 따지자면 간장을 약간 더 넣으면 좋겠지만 건강을 생각해서 간이 덜 맞는 음식을 계속 먹는다면 혀가 거기에 조금씩 적응이 돼요. 이런 노력이 있어야 합니다. 가만히 있는다고 바뀌는 게 아니에요.

대부분의 사람이 이런 성향이 어느 정도 있어요. 의지하고 싶고, 관심받고 싶고, 주목받고 싶고, 사랑받고 싶은 것은 표현은 다르지만 한마디로 '사랑고파병'이라고 할 수 있습니다. 이 '사랑고파병'은 우리 모두에게 다 있어요. 그러나 정도에는 차이가 있습니다. 의지심이 누구나 다 갖고 있는 평균 수준이 아니라 좀 심한 사람이 있다면 그건 병입니다. 몸에 병이 나면 아픈 것처럼, 이것도 조금 심하면 마음이 아파요. 헤어질 때마다 아프고 늘 불안하게 됩니다.

그러면 이런 '사랑고파병'은 주로 어떻게 해서 생길까요? 어릴 때 엄마로부터 학대받지 않고 충분히 사랑받아서 부족함이 없으면 이런 성향이 좀 적습니다. 그런데 어릴 때 엄마의 사랑이 마음에 채워지지 않아서 좀 껄떡거렸다면 어른이 돼도 껄떡거림이 계속 남아 있어요. 또한 성장하는 과정에서 계속 부모가 과잉보호를 해서 의지했다면 커서도 의지하는 습관이 계속 남아 있어요. 그런데 사춘기 때부터 부모가 돌보지를 않아서 내가 밥해 먹고 다니고, 내가 돈 벌어서 학교 다닐 수밖에 없었다면, 자연스럽게 자립심이 생기게 됩니다. 어떤 일이든 자기가 판단하고 자기가 결정해서 해결하는 게 어릴 때부터 익숙해져 있으면 그렇게 됩니다.

사랑고파병이 좀 심한 경우 그게 부모로부터 왔는지, 사춘기에 지나치게 의지를 해서 왔는지 모르지만, 누구를 원망한다고 해결될 일이 아니에요. 다만 그게 현재 본인의 상태일 뿐입니다. 이건 사주도 아니고, 팔자도 아니고, 전생의 업도 아니고, 하느님이 내리는 벌도 아니고, 내 심리와 자아가 형성되는 과정에서 생겨난 거예요. 즉 나의 카르마 또는 업식입니다. 이것은 형성된 것이기 때문에 개선이 가능합니다. 그런데 어릴 때 형성된 것은 개선이 어렵습니다. 무의식적으로 일어나기 때문입니다. 개선을 하기 위해서는 두 가지를 분명히 해야 합니다.

첫째, 늘 자기를 주시해서 관점을 분명히 해야 해요. '내 업식은 껄떡거리는 것이지만, 껄떡거리면 내가 한평생 을로 살아야 한다. 나는 을로 살기 싫다. 이것이 내 업식이긴 하지만 나는 여기에 끌려다니지 않겠다.' 우선 이런 관점을 분명히 가져야 해요. 헤어질 때 불안하더라도 '어, 또 내 업식이 작용하는구나' 이렇게 자기를 알아차리고 그 마음을 떨쳐내야 합니다. 이 관점이 분명해야 해요. 자꾸 껄떡거리고, 자꾸 의지하고 싶어 하고, 자꾸 불안해하면 계속 병이 더 확대됩니다. 관점을 이렇게 먼저 가지세요.

둘째, 이걸 일상화하는 연습을 꾸준히 해야 합니다. 매일 '저는 편안합니다. 잘 살고 있습니다. 감사합니다.' 이렇게 기도해야 해요. 불안할 때 '불안하지 않게 해 주세요' 이런 기도는 지금 불

안하다는 뜻이잖아요. 그러니 불안할 때 자기의 불안한
마음을 보면서 이렇게 기도하세요. '저는 편안합니다.' 힘
들면 이렇게 기도하세요. '저는 잘 살고 있습니다.' 자꾸 이렇게
자기에게 암시를 줘야 합니다. 그래야 심리가 점차 안정돼요.

자기에게 주어진 조건을
긍정적으로 받아들이는 게 필요해요.
질척거리는 마음을 보면서
'그래, 좀 질척거리는 마음이 남아 있네.
좀 의지하는 마음이 남아 있네.
에이, 아직도 기대고 싶은 마음이 있네'
이렇게 알고 인정하는 게
우선 필요합니다.

05

열등감에 자꾸 위축됩니다

　열등감 때문에 이런저런 불만이 생기고 사람들 앞에서 점점 위축된다는 청년이 있었습니다. 스스로가 작게 느껴지고 열등감이 점점 커지는 악순환에 빠졌다며 괴로워했습니다. 어떻게 하면 열등감을 느끼지 않고 자신 있게 살 수 있을까요?

　모든 존재는 열등하지 않습니다. 개구리는 개구리대로, 뱀은 뱀대로, 벌레는 벌레대로, 얼굴이 검은 사람은 검은 대로, 여성은 여성대로, 키가 작으면 작은 대로 소중한 겁니다. 존재 자체는 지금 이 모습 그대로 소중한 것입니다.

키가 170센티미터인 사람이 180센티미터인 사람들과 같이 놀면 본인의 키가 작다고 생각하고, 160센티미터인 사람들과 같이 놀면 본인의 키가 크다고 생각합니다. 누구나 다 그렇습니다. 누구와 비교하느냐에 따라서 열등의식이 생기기도 하고 우월의식이 생기기도 하는 겁니다.

공부를 반에서 5등 하는 아이가 있다고 합시다. 평균적으로 보면 30명 중에 5등을 하면 잘하는 축에 들어갑니다. 그런데 그 아이가 1등 하는 아이와 비교하면 늘 1등을 못 했다고 생각해서 열등감을 갖게 되는 겁니다.

그렇다면 정말로 열등해서 열등감을 느끼는 걸까요, 본인보다 나은 사람과 자꾸 비교하니까 열등감을 느끼는 걸까요? 자신보다 잘하는 사람하고 자꾸 비교하고 있는 겁니다. 나보다 집안이 좋은 사람, 나보다 키가 큰 사람, 나보다 공부를 잘하는 사람, 나보다 능력이 있는 사람하고 비교를 하니까 나는 열등할 수밖에 없는 거예요. 본인의 존재가 열등해서 열등한 게 아니라 비교를 하니까 본인 스스로 열등해지는 겁니다.

계속 열등감을 갖는 것보다 자신감을 갖는 게 좋지 않을까요? 자신감을 가지려면 나보다 잘하는 사람과 경쟁해서 이겨야 하는 것이 아니라 다른 사람과 비교 자체를 안 해야 합니다. 비교 자체를 하지 않으면 경쟁을 해서 이기려는 노력을 안 해도 되잖아요.

반에서 5등을 했다면 10등 하는 사람보다는 잘하는 겁니다. 키가 170센티미터이면 160센티미터인 사람보다는 키가 큰 겁니다. 관점만 바꾸면 열등감을 가질 필요가 없어요. 그런데도 자꾸 욕심을 내어서 높은 곳을 향해 가려고 하니까 애는 많이 쓰고 열등감은 더욱 깊어지는 겁니다. '나는 왜 아무리 노력해도 1등을 못 할까?' 자꾸 이런 생각을 하니까 열등감이 계속 커지는 거예요.

우리는 열등한 것도 아니고, 그렇다고 우월한 것도 아니에요. 그냥 스스로 존엄한 존재입니다. 자꾸 욕심을 내고 남과 비교해서 자신을 초라하게 만들고 있는 겁니다. 그런 초라하고 열등한 존재는 다른 사람이 아니라 본인 스스로가 만드는 거예요. 스스로 존엄한 존재임을 안다면 다른 사람에게 칭찬받을 필요가 없습니다. 상대가 욕을 하든, 칭찬을 하든, 그건 그들의 문제로 보면 됩니다. 칭찬을 받으면 우쭐대지 말고 '저 사람이 보기에 그렇구나' 하고, 욕을 먹으면 기죽지 말고 '저 사람의 생각은 그럴 수도 있겠구나' 하면 됩니다. 그러면 칭찬에도 우쭐대지 않고 비난에도 기죽을 일이 없어요. '사람은 누구나 생각이 다르니까 그럴 수도 있겠구나' 하고 받아들이면서 마음의 평정심을 유지하고 살아갈 수 있습니다.

비교를 안 하면 저절로 마음이 편해집니다. 비교를 해서 열등의식을 가져 놓고 다시 열등의식을 극복하려고 하면 힘만 더 들잖아요. 처음부터 비교를 하지 않으면 열등감을 느낄 일이 없어요. 그러면 기죽을 일도 없어지고, 기죽은 것을 극복할 일도 없게 됩니다.

"비교를 안 하고 싶은데 자꾸 비교하는 마음이 들어요."

비교를 하려거든 차라리 나보다 못한 사람과 비교하세요. 공부를 5등 한다면 10등 하는 사람하고 비교하고, 나보다 가난한 사람하고 비교를 해 보면 됩니다. 신체에 어떤 문제가 있다고 생각해서 열등감이 든다면 신체장애가 있는 사람과 비교해서 '그

래도 다리는 안 다쳐서 다행이구나', '볼 수 있는 눈이 있고, 들을 수 있는 귀가 있어서 다행이구나' 이렇게 생각하면 됩니다. 그렇게 비교하면 내 몸이 얼마나 건강한지 자각할 수 있어요. 몸을 다쳐서 불편함을 느껴 봐야 그때 후회를 하면서 눈으로 보고 귀로 듣고 제 손으로 밥을 먹고 두 다리로 걸을 수 있다는 게 얼마나 큰 복이었는지 알게 됩니다.

이미 큰 복을 갖고 있는데도 계속 불평하는 사람을 깨우치려면 어떻게 해야 할까요? 눈이 안 보이든지, 귀가 안 들리든지, 다리가 하나 부러져 봐야 그때가 좋았다고 생각할 겁니다. 그러니 자신에 대해 계속 불평을 하는 건 불행을 자초하는 행동이에요. 기도를 이렇게 해 보세요.

'살아 있어서 감사합니다. 볼 수 있어서 감사합니다. 내 손으로 밥을 먹을 수 있어서 감사합니다. 걸어 다닐 수 있어서 감사합니다.'

감사할 일이 얼마나 많습니까? 공부를 잘하는 사람과 친구를 해야 배울 것이 많죠. 내 친구가 달리기도 잘하고 키도 크고 일도 잘한다면 열등의식을 가질 게 아니라 '나는 그런 친구가 있으니 배울 것이 있어서 좋다' 이렇게 생각해야 합니다. 나보다 부족한 사람을 보면 '저 사람보다는 내가 건강해서 감사하고, 도와줄 수 있어서 감사하다' 이렇게 생각해야 합니다. 이렇게 자기를 긍정적으로 보면 좋겠어요.

우리는 열등한 것도 아니고,
그렇다고 우월한 것도 아니에요.
그냥 스스로 존엄한 존재입니다.
자꾸 욕심을 내고 남과 비교해서
자신을 초라하게 만들고 있는 겁니다.
스스로 존엄한 존재임을 안다면
다른 사람에게 칭찬받을 필요가 없습니다.

06

자책하는 **마음 때문에** 괴로워요

실수에 자책하는 마음이 자주 들고, 같은 잘못을 반복하지 않겠다고 다짐하고 시정을 한 후에도 계속해서 자책이 이어진다는 청년이 있었습니다. 가만히 있다가도 불쑥불쑥 잘못한 일이 생각나고, 상대를 실망시켰다는 생각에 괴롭다고 했습니다. 왜 그럴까요?

이 청년은 좋게 말하면 착한 사람이고, 좀 직설적으로 말하면 자기가 엄청나게 잘난 줄 아는 사람입니다. 존재 자체는 완전할 수가 없습니다. 그런데 이 청년은 마음속 깊이 '나는 실수를 안

해야 하는 사람이고, 세상 사람들이 다 나를 좋아해야 해'라는 생각을 하고 있는 거예요. 이런 엄청난 자기 우월의식에 빠져 있는 겁니다.

부처님 당시에도 부처님을 비난하는 사람들이 많았고, 부처님을 죽이겠다고 하는 사람도 있었습니다. 예수님도 예수님을 비난하는 사람들이 많았고, 결국은 예수님을 십자가에 못 박아 죽이기까지 했어요. 이렇게 부처님과 예수님도 비난하는 사람들이 있는데, 이 청년은 본인이 부처님과 예수님보다 열 배 백 배는 잘났다고 생각하는 것과 마찬가지예요.

이 세상 사람은 누구나 다 모든 것을 잘할 수가 없습니다. 이걸 먼저 인정해야 합니다. 내가 부족한 사람이라는 것을 인정해야 해요. '부족하다'라는 말은 완전할 수가 없다는 의미입니다. '문제가 있다'라는 뜻이 아니라 원래 존재 자체가 완전할 수가 없다는 뜻입니다. 부족한 게 정상이에요. 뭔가 흠이 있어서 부족한 것이 아니고 부족한 게 정상이에요.

부족한 이대로 완전합니다. 말이 좀 안 맞죠? 부족하면 부족한 거지 어떻게 완전할 수 있습니까. 이 말의 뜻은 부족한 것이 정상이라는 겁니다. 흑인의 얼굴이 하얗게 변해야 정상이 되는 게 아니에요. 검은 얼굴이 정상입니다. 키가 작은 사람은 작은 게 정상입니다. 검은 피부색과 작은 키가 질병이 아니잖아요.

문제는 부족한 걸 인정하지 않고 완전해야 한다고 생각하는 거예요. 자신이 원하는 것을 다 이룰 수가 없습니다. 그런데 많은 사람들은 자기가 원하는 게 다 이루어져야 한다고 착각을 합니다. 그래서 자기가 원하는 게 안 이루어지면 화내고 짜증 내고 미워하고 원망하고 괴로워합니다. 그러나 원하는 것은 다 이루어질 수가 없어요. 또 이루어진다고 반드시 좋다는 아무런 보장도 없습니다. 원하는 게 이루어진 게 오히려 화가 돼서 큰 재앙을 받은 사람도 많아요. 그래서 옛말에 '인생지사 새옹지마(人生之事 塞翁之馬)'라는 말도 있잖아요.

반대로 남이 나에게 원하는 것을 내가 다 해 줄 수도 없습니다. 그런데 이 청년은 남이 나에게 원하는 것을 다 해 줄 수 있다는 착각을 하고 있는 거예요. 내가 원하는 것이 다 이루어질 수 있다고 착각하는 것처럼 남이 원하는 것을 내가 다 해 줄 수 있다는 큰 착각 속에 사는 겁니다. 남이 원하는 것을 내가 다 못 해 줬다고 나를 미워하는 것은 내가 원하는 것을 상대가 다 안 해 줬다고 상대를 미워하는 것과 똑같은 겁니다. 우리는 남을 미워하거나 남이 부족하다고 탓하는 것은 나쁜 사람이라고 말하면서 자기가 부족한 걸 탓하거나 자기를 미워하는 것은 착한 사람이라고 하잖아요. 그렇지 않습니다. 사실은 똑같은 거예요.

내가 잘못한 것을 잘못하지 않았다고 우기는 것도 문제이지만, 내가 잘못한 것을 가지고 계속 자기를 탓하고 있는 것도 똑같이 문제예요. 다만 남을 탓하면 저항이 따르지만, 자기를 탓하면 저항이 없으니까 문제가 없다고 생각합니다. 하지만 그렇지 않습니다. 제가 볼 때는 후자가 더 큰 병이에요. 이런 증세는 우울증이 있으면 더 심해집니다. 그래서 자책하는 것이 점점 심해지면 병원에 가서 진료를 받아야 해요.

남을 미워하는 것보다 자기를 미워하는 것이 더 큰 병입니다. 병에서 벗어나고 싶다면 내가 항상 부족한 존재임을 유념해야 해요. 세상이 내가 원하는 대로 다 될 수 없듯이 세상 사람들이 원하는 것을 내가 다 해 줄 수 없는 것이 정상입니다. 할 수 있는 만큼 하면 돼요. 못 해 줬다고 항의를 하면 '죄송합니다' 하고 넘어가면 됩니다.

계속 자책하는 마음이 든다면 두 가지를 점검해 봐야 해요. 첫째, 자기를 만나는 모든 사람과 좋은 관계를 유지해야 한다는 불가능한 환상이나 욕심을 갖고 있는지 점검해야 합니다. 둘째, 병원에 가서 체크를 해 봐야 합니다. 심리가 건강한 상태인지, 병에 가까운 수준인지 체크가 필요합니다.

아직은 병원에 가지 않고 집에서 기도하려면 이렇게 기도해야 합니다.

'저는 편안합니다. 저는 잘 살고 있습니다. 내가 노력해서 무

엇이 되어야 좋은 게 아니라 지금 이 상태 이대로 좋습니다.'

내가 못나서 위축되는 것이 아니라 너무 잘나고 싶어서 위축되는 겁니다. 현재 이대로도 충분히 좋은데도 불구하고 너무 잘나고 싶은 것 때문에 부족감을 심하게 느끼는 거예요. 인간관계란 좋은 관계도 있고, 나쁜 관계도 있고, 본의 아니게 나빠지기도 하고, 내가 잘못해서 나빠지기도 하는 겁니다. 모든 관계를 다 내가 잘못해서 생긴 일이라고 여기는 건 사실을 사실대로 보는 게 아닙니다.

저에 대해서도 욕하고 미워하는 사람이 있어요. 문제의 원인을 항상 바깥에서 찾는 것이 대다수 사람의 문제라면, 이 청년은 뭐든지 너무 자기 쪽으로 자꾸 문제를 삼는 것이 문제입니다. 남을 미워하는 것은 성격이 나쁜 것에 해당한다면, 이 청년처럼 위축되는 것은 병에 들어가는 거예요. 치료가 필요할 수 있습니다.

남을 미워하는 것보다
자기를 미워하는 것이 더 큰 병입니다.
병에서 벗어나고 싶다면
내가 항상 부족한 존재임을 유념해야 해요.
세상이 내가 원하는 대로 다 될 수 없듯이
세상 사람들이 원하는 것을
내가 다 해 줄 수 없는 것이 정상입니다.
할 수 있는 만큼 하면 돼요.

07

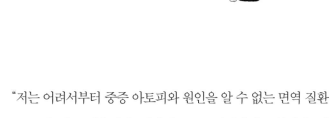

몸이 아파서
차라리 죽고 싶어요

"저는 어려서부터 중증 아토피와 원인을 알 수 없는 면역 질환으로 고통을 겪고 있습니다. 경제적으로도 넉넉하지 못합니다. 건강 상태가 좋아지면 열심히 일을 하지만, 다시 아토피가 심해지면 모든 것을 그만두고 집 안에서만 지내야 했습니다. 돈을 벌어도 치료비로 계속 나가니 부모님께 다시 손을 벌리는 생활을 반복했습니다. 상처와 진물이 심해 일상생활도 쉽지 않고, 벌어지지 않는 입으로 살겠다고 꾸역꾸역 음식을 먹어 가며 살지만, 고통이 심할 때는 '이렇게 살아 무엇 하나, 죽는 게 더 편하지 않을까' 하는 생각도 듭니다. 이렇게 육체적 고통이 너무 심할 때 어떤 마음과 생각으로 그 시간들을 견디면 좋을지, 그리고 마음이 약해져 부정적인 생각에 휩싸일 때 그 생각에서 빨리 빠져나올 수 있는 방법이 궁금합니다."

저는 육체의 병을 고치는 의사는 아니지만, 마음의 문제는 함께 살펴봅시다.

질문자의 사정이 굉장히 안타까운 것은 사실입니다. 몸이 가렵고 아플 때는 이렇게 사느니 죽는 게 낫겠다는 생각이 들겠지만, 그건 본인이 원하는 대로 안 돼서 생긴 문제이지 객관적으로 보면 이 질문자보다 훨씬 더 불행한 사람이 많습니다. 질문자의 마음을 이해는 하지만 제가 볼 때 큰 문제는 아니에요. '내가 부자가 되겠다는 것도 아니고 유명해지겠다는 것도 아니고, 그저 몸 가려운 것만 좀 없으면 좋겠다는 건데 이것도 욕심인가'라고 생각하기 쉬워요. 그런데 그것도 결국 내가 원하는 대로 안 돼서 괴로운 거예요.

'내 몸이 건강했으면 좋겠다' 하는 바람이 있는데, 뜻대로 되지 않아서 힘들어하는 것은 이해합니다. 하지만 아토피는 며칠 못 살고 죽는 사람의 몸에 비해서는 굉장히 좋은 몸입니다. 저는 심장에 혈관이 하나 막혀서 계단을 올라가면 숨이 차고 산에 올라가기 힘들어요. 저도 '숨이 차고 힘들지 않으면 좋겠다' 하는 내 바람에서 보면 나쁜 몸이지만, 이렇게 대화도 하고 농사도 짓고 일상을 사는 데는 크게 지장이 없으니까 현재에 대해 감사할 줄 알아야 합니다. 자기가 현재 가진 것에 감사할 줄 모르고, '심장에 문제가 없도록 해 주세요' 이렇게 기도하는 것은 바람직하지 않아요. 숨이 차면 계단을 올라갈 때는 천천히 가면 되고, 높은 산은 안 올라가면 됩니다. 그래도 가야 할 일이 있으면 천천히 가면 되죠. 이런 조건의 몸을 가진 것이 벌 받은 것도 아니고 죽을 일도 아니에요. 여러 가지 고통이 있는 몸을 가졌지만 그래도 하루하루 생활하는 데 큰 문제가 없다는 것에 대해 감사해야 합니다.

이 질문자에게는 두 가지 길이 있습니다. 이렇게 살 바에 죽는 것이 낫겠는가, 아니면 좀 가렵고 진물이 나지만 살 것인가 결국은 이 두 길밖에 없어요. 또 어차피 살 바에야 이렇게 괴로워하면서 살겠는가, 살아 있는 걸 감사하고 괴롭지 않게 사는 게 낫겠는가. 두 가지 길 중에 하나를 선택할 수밖에 없습니다. 달리 길이 없어요.

현대 의학으로 치료할 수 있었으면 벌써 병원에서 고쳤을 테고, 다른 방도가 있었으면 벌써 했겠죠. 그런데 몸은 아프고, 돈은 없고, 부모도 늙어 가는데 달리 길이 없는 거예요. 그래도 오늘 살았잖아요. 일부러 목숨을 끊지 않으면 내일도 살 거잖아요. 그러니까 매일 아침에 눈을 뜨면 '오늘도 살았네요. 감사합니다' 이렇게 마음을 내는 게 좋습니다. 때가 돼서 죽으면 감사하게 죽으면 되고, 눈 떠 보니 살아 있으면 하루를 감사히 살면 됩니다. 관점을 이렇게 딱 가지면 질문자의 무거운 짐이 내려놔질 수도 있습니다.

이 질문자는 아무 문제도 없습니다. 완치하겠다는 생각을 안 해야 해요. 아직도 '어떻게 하면 치료해서 완전히 나을 수 있을까' 하는 생각으로 원하는 바를 이루려고 하는데, 안 되니까 괴로운 겁니다. 그러니까 이제 고치고 싶은 마음을 딱 내려놓고 살아야 합니다. 딱 포기해 버리고, 가려우면 좀 긁고 진물 나면 약 바르고요. '해 봐야 안 되니까 더 이상 돈 쓰지 말자' 이렇게 마음을 먹는 거예요.

건강한 사람들만큼 몸을 회복하려니까 큰 좌절에 빠진 거예요. 안 되는 걸 자꾸 하려고 하는 겁니다. 현대 의학으로 방법이 없다면 몇 번 치료를 시도해 보고, 안 되면 '아, 안 되는구나!' 하고 딱 놔 버리는 것이 지혜로운 사람입니다. 그러니까 지금 당장 치료를 딱 포기해 버려야 합니다. 딱 포기했는데 죽는다면 근심 걱정 없잖아요. 눈 떠 보고 살았으면 기분이 좋잖아요. '치료 안 해도 사네!' 이렇게 하루하루 가볍게 살면 됩니다. 일부러 목숨을 끊을 게 뭐 있어요. 치료를 안 하고 방치했다가 한 달 뒤에 죽는다면 그때 자연스럽게 죽으면 되고, 1년 후에 죽는다면 그때 자연스럽게 죽으면 되고, 안 죽으면 긁어 가면서 살면 되잖아요. 이렇게 마음의 집착을 탁 놔 버리면 아픈 몸을 가지고도 행복하게 살 수가 있습니다. 안 되는 것은 안 되는 대로 받아들이고, '이런 몸이라도 살아있어서 감사하다' 이렇게 관점을 가져야 쓸데없는 데 더 이상 시간 낭비를 안 하게 됩니다.

의사가 말기 암이라서 한 달밖에 못 산다고 했는데, 그걸 고치려고 하면 한 달 내내 괴로워하다가 숨넘어갑니다. 고치려는 생각을 탁 내려놓고 '남은 한 달이라도 즐겁게 살아야겠다' 관점을 이렇게 딱 바꿔야죠. 한 달밖에 못 살 바에야 자살하는 게 낫겠다고 생각하거나 한 달 내내 괴롭게 살다 죽는 것은 어리석은 일입니다. 다른 사람은 10년 더 살 건데 나는 한 달밖에 더 못 산다면, '다른 사람이 10년 동안 즐거울 일을 나는 한 달 동안은 느끼면서 기쁜 마음으로 살다 죽어야겠다. 나는 한 달밖에 못 사니까 괴로워하며 보낼 시간이 없다' 이렇게 관점을 바꿔야 해요. 1년밖에 못 살기 때문에 불행한 게 아니라, 1년 내내 1년밖에 못 산다는 생각에 사로잡혀서 그 1년을 괴로워하다가 죽는 것이 불행입니다. 내일 죽는 것이 불행이 아니에요. '언제 죽느냐'는 별로 중요한 게 아니에요. '어떤 인생을 살 거냐'가 중요합니다. 중요한 것은 '몸이 건강하냐, 돈이 많으냐'가 아니라 '나에게 주어진 조건 속에서 어떻게 하면 하루하루 행복하게 사느냐, 어떻게 보람 있는 일을 하면서 사느냐예요. 그러니 일단 살아 있는 건 참 좋은 일입니다.

중요한 것은
'몸이 건강하냐, 돈이 많으냐'가 아니라
'나에게 주어진 조건 속에서
어떻게 하면 하루하루 행복하게 사느냐,
어떻게 보람 있는 일을 하면서 사느냐예요.
그러니 일단 살아 있는 건
참 좋은 일입니다.

08

트라우마를
어떻게 극복해야 할까요?

어렸을 때 술만 드시면 어머니에게 폭언과 폭행을 일삼는 아버지 밑에서 자라, 지금은 잘 살고 있지만 어떤 일이 생기거나 미래를 생각하면 불안하고 초조한 분이 있었습니다. 어떡하면 이런 괴로움에서 벗어날 수 있을까요?

지금 불안함과 초조함으로 괴로워하는 것은 옛날에 본 공포영화를 꿈에서 혼자 다시 돌려 보고 괴로워하는 것과 같은 증상입니다. 이것은 현실이 아니고 공포영화를 본 것과 같은 거예요. 이미 지나가 버린 오래전에 겪었던 일이 뇌리에 남아 있어서 그

것이 늘 재생되는 겁니다. 그래서 마치 현실에 그 일이 일어날 것 같은 착각이 들기 때문에 불안해지는 거예요. 이것을 현대 의학에서는 트라우마라고 합니다.

트라우마를 치료하는 방법은 두 가지가 있습니다. 첫째, 수행을 통해서 치료하는 방법이 있습니다. 둘째, 신경정신과에 가서 의사의 치료를 받는 방법이 있습니다. 트라우마가 심해서 일상을 살아가는 데 장애가 될 정도라면 병원에 가서 약물 치료나 상담 치료를 통해 응급치료를 받는 것이 좋습니다. 약물 치료란 신경이 흥분되는 것을 막아 주는 안정제를 섭취해서 불안한 마음을 가라앉히는 방법이에요. 트라우마가 심하면 아무리 떨쳐 내려고 해도 나도 모르게 비디오가 자동으로 돌아가듯이 머리에서 계속 과거에 충격받은 일이 떠오릅니다. 이때 약을 먹으면 이런 정신작용을 안정시켜 줍니다. 어쨌든 정신의 현상도 다 신체 작용이니까요. 상담치료란 대화를 통해 과거로 돌아가서 내가 겪었던 일을 더 세세하게 꺼내서 그 일이 그렇게 놀랄 만한 일이 아니었다는 것을 알게 해 주는 방법입니다. 어른이라면 놀랄 만한 일이 아닌데 어린아이였기 때문에 놀란 일이었거든요. 그때는 놀라서 상처가 되었지만 지금 관점에서 하나하나 살펴보면 아버지를 이해할 수 있게 됩니다.

내가 원하는 만큼의 아버지는 아니었지만, 지금 돌아보면 아

버지도 지금 내 나이 정도밖에 안 되었던 거잖아요. 어쩌면 더 나이가 적었거나요. 일이 뜻대로 안 풀리고 힘드니까 술을 먹고 한탄을 하셨던 거예요. 아내가 등을 두드려 주고 받아 주면 좋았겠지만, 그때 어머니도 나이가 어렸고 자식도 있었으니까 남편에게 실망해서 잔소리를 하게 된 거예요. 아버지는 말로 안 되니까 폭력을 행사했던 것이고요. 이 일은 어린애 입장에서는 도저히 상상도 안 되는 힘든 일이지만 커서 가만히 인간관계를 살펴보면 사람이 그렇게밖에 살 수가 없다는 사실을 알게 됩니다. 그 이상 더 잘 살 수 있는 준비가 안 되어 있었기 때문입니다. 아버지는 신도 아니고, 부처도 아니에요. 그렇다고 아버지가 아주 나쁜 사람도 아니에요. 세상에서 흔하게 볼 수 있는 보통 사람입니다. 내가 어른이 돼서 어머니 같은 마음으로 아버지를 볼 수 있어야 내 상처가 치유됩니다. 어머니 입장에서는 그런 아들이 얼마나 불쌍하게 여겨질까요?

아이가 생각하는 좋은 아버지는 아니었다 하더라도, 세상에서 볼 때 그렇게 나쁜 인간은 아닙니다. 그 어려운 상황 속에서도 나를 버리지 않고 결혼 생활을 유지해 주셨잖아요. 어머니는 아버지의 폭력과 폭언

속에서도 아이들을 위해서 살아간 거고, 아버지 역시 자기 인생이 힘들어서 아웅다웅했지만 그래도 자식을 생각하는 마음이 있었던 거예요. 어른의 마음으로 보면 아버지는 원망하거나 비난해야 할 사람이라기보다 오히려 치료해 줘야 할 사람입니다. 당시에 내가 어린애였기 때문에 상처를 입은 거예요. 아버지를 보살피고 치료해 줘야 할 불쌍한 사람이라고 볼 수 있다면 질문자 속에 아버지로 인한 상처는 치유된 거예요.

증상이 심하면 먼저 약물 치료와 상담 치료를 받아서 트라우마를 조금 완화시키고 불안한 마음을 잠재우는 게 좋습니다. 그러나 트라우마가 그렇게 심하지 않고 일상에 큰 지장은 없지만 내게 여전히 상처가 있는 정도라면 자가 치료를 하는 방법이 있습니다. 그것이 바로 수행입니다. 수행은 내가 나를 치료하는 거예요.

자가 치료를 할 때는 두 가지 관점을 가져야 합니다. 첫째, '지금 아무 문제도 없습니다' 하고 자각하는 겁니다. 과거의 비디오에 빠지지 말고 지금에 깨어 있어야 합니다. 그래서 절을 하면서 지금 상황에 깨어 있기 위해 이렇게 되뇌어 보세요.

'감사합니다. 저는 지금 잘 살고 있습니다. 아무 일도 없습니다.'

이렇게 과거의 비디오를 끄는 기도를 꾸준히 해야 해요. '괴로움을 없애 주세요'라는 말은 지금 문제가 있다는 뜻이기 때문에 '지금 아무 문제가 없다'는 관점을 가져야 합니다. 그래야 지금 여기의 상태로 늘 돌아오는 연습을 할 수 있어요.

다른 한쪽으로는 아버지를 이해하는 기도를 해야 합니다.

'아버지 감사합니다. 아버지도 얼마나 힘드셨으면 그렇게 했겠습니까. 어릴 때는 어린 나의 입장에서 힘들었지만 이제 어른이 되고 보니까 아버지도 참 힘드셔서 그러셨군요. 제가 만약에 그때 어른스러웠다면 힘들어하시는 아버지의 등도 두드려 주고 위로도 해 줬을 텐데, 아버지를 그때 충분히 이해하지 못해서 죄송합니다.'

이렇게 기도하는 것이 내 속에 있는 트라우마를 치유하는 방법입니다.

'감사합니다.
저는 지금 잘 살고 있습니다.
아무 일도 없습니다.'
이렇게 과거의 비디오를 끄는 기도를
꾸준히 해야 해요.
'괴로움을 없애 주세요'라는 말은
지금 문제가 있다는 뜻이기 때문에
'지금 아무 문제가 없다'는 관점을
가져야 합니다.

09

투자로 입은 **손해가**
계속 생각나요

　요즘은 돈에 대해 고민하고 투자에 관심을 가지는 청년들이
많습니다. 그중 한 청년이 제게 물었습니다.

　"저는 돈에 관해 굉장히 자책하고 후회하는 습관이 깊습니
다. 저의 실수나 잘못된 판단으로 금전적 손해가 발생했다는 생
각이 들면 '그때 그러지 말았어야 했는데 왜 그랬나' 하는 자책
감과 후회하는 마음이 듭니다. 몇 년 전 투자를 잘못한 것이 지금
도 생각이 나고, 제가 미처 알아보지 못하고 일 처리를 한 탓에
세금을 많이 내게 된 것 같아 하루에도 몇 번씩 후회가 되고 마

음이 불편합니다. 어떻게 하면 돈에 관해 자책하고 후회하는 습관에서 벗어날 수 있을까요?"

돈에 대한 집착을 내려놓아야 합니다. 돈에 대해 집착하는 한은 해결 방법이 없습니다. 안 그러면 실패하지 않고 계속 돈을 벌기만 해야 하는데, 그게 현실에서는 가능하지 않아요.

보통 '주식에 투자한다'라고 말하는데, 지금의 주식 투자는 투자라기보다는 '합법적 투기'라고 할 수 있습니다. 부동산 투자, 주식 투자, 비트코인 투자 등을 합법적 투기로 볼 거냐에 대해 지금도 많은 논쟁이 일어나고 있잖아요. 사실은 투자가 아니라 투기인데 이 투기를 합법화할 거냐 안 할 거냐의 문제라고 할 수 있습니다. 투자라고 하지만 엄격하게는 투기적 성격이 더 강합니다.

투기라는 건 도박과 같아서 돈을 벌 때는 왕창 벌고, 돈을 잃을 때는 왕창 잃을 수밖에 없어요. 여기에 참여하면서 괴로움이 없으려면 아예 참여할 때부터 돈을 잃을 각오를 해야 합니다. 참여하는 모든 사람이 돈을 벌기만 하는 건 불가능하잖아요. 누군가는 돈을 잃어 줘야 내가 돈을 딸 수 있는 겁니다. 그 반대도 마찬가지이고요. 그러니 나도 여기에 참여할 때는 돈을 잃을 것을 당연하게 받아들이고 시작해야 합니다. 그러면 이런 괴로움이 안 일어나요.

'이번에는 돈을 잃었다.'

'이번에는 돈을 땄다.'

이렇게 여러 번 해 보고 나서 종합적으로 계산해 봤을 때 '그래도 이익이다'라고 판단이 되면 계속하는 것이고, 횟수가 거듭될수록 손해라고 판단이 되면 그만둬야 하는 거예요. 투기는 늘 오르락내리락하는 것이기 때문에 일시적으로 평가하면 안 됩니다. 이런 관점을 갖고 시작하면 아무런 괴로움이 안 생겨요. 결국은 욕심, 즉 돈을 벌 생각만 가득하기 때문에 괴로운 겁니다.

주식만 그런 게 아니에요. 주식을 하든, 부동산을 하든, 남한테 빌려주든, 다 마찬가지입니다. 이자 받고 돈을 빌려주는 것도 결국 이익을 위해서 투자하는 것이에요. 은행은 이율이 낮고 사채는 이율이 높으니까 사채에 돈을 주는 거죠. 사채는 이율이 높은 대신에 그만큼 높은 위험도를 안고 있습니다. 반면에 저축은행은 그 중간쯤 되죠. 이율이 은행보다는 조금 높고 사채보다는 안전해요. 그래도 가끔은 저축은행도 부도날 때가 있습니다. 항상 이익이 수반되는 곳에는 위험 부담도 크기 때문에 그렇게 이율이 높은 거예요.

예를 들어 '은행 이율이 1퍼센트인데 나한테 투자하면 5퍼센트를 주겠다'라고 하면 사람들이 처음에는 잘 안 믿습니다. 어떻게 5퍼센트를 줄 수가 있느냐고 생각해요. 그래도 진짜 준다고 하니까 처음에는 100만 원만 넣어 봅니다. 그런데 정말로 이자

5퍼센트를 줍니다. 그러면 재미가 붙어서 이번에는 500만 원을 넣습니다. 그러면 또 이자를 줘요. 이런 경험을 하고 나면 나중에는 없는 돈도 빌려서 1천만 원도 넣게 되는 거예요.

'투자를 해서 돈을 번다'라고 말하지만, 실제는 안 그렇습니다. 이런 사업체를 운영하는 사람들은 그렇게 들어온 돈을 갖고 앞서 돈을 넣은 사람에게 이자를 지급하는 경우가 많습니다. 그렇게 돌려막기를 하다가 언젠가 이율로 내보내는 돈보다 신규 투자액이 적어지면 그때 부도가 나는 거예요. 1년 만에 터질 수도 있고, 3년 만에 터질 수도 있고, 5년 만에 터질 수도 있고, 더 오래갈 수도 있어요. 월가에서 금융위기가 터졌을 때는 이런 돌려막기를 30년씩 해 온 사람들도 있었어요. 이처럼 신규 투자를 갖고 메꾸면 계속 운영이 가능한 거예요. 그러다가 한 번 터지면 수많은 사람들에게 손실을 입히게 되죠.

비트코인 같은 것에 투자하는 것도 마찬가지입니다. 실제로 돈이 벌리는 게 아닌데, 그 판에 계속 몰려들어 오는 돈이 있다 보니까 코인의 시세도 올라가는 거예요. 어찌 보면 노름판과 똑같습니다. 그걸 법률로 합법화시키면 투자라고 하고, 불법화시키면 노름이 되는 거예요.

그러니 이런 일에 관여한다면 돈을 잃을 각오를 해야 합니다. 이익이 높은 대신에 그만큼 위험이 있다는 사실을 알아야 해요.

이런 일에 일절 참여하지 않으면 돈을 잃지도 않지만 돈을 벌지도 못 하는 것이고, 위험부담을 안고 그런 일에 참여한다면 돈을 벌 가능성도 있지만 돈을 잃을 가능성도 높습니다.

부동산, 주식, 코인은 그동안 너무 시세가 올라 버렸기 때문에 지금 참여하면 잃을 가능성이 높아요. 그만큼 위험부담이 높아졌다고 볼 수 있습니다. 그런데 주위 사람들이 계속 투자하는 모습을 보니까 나도 따라 하기 쉬워요. 처음에 누가 하자고 할 때는 '아이고, 잃으면 어떡하나' 하고 위험부담 때문에 망설이거든요. 그런데 주변에서 돈을 땄다는 소리만 계속 듣게 되면 어느 날부터는 '아, 그때 투자했으면 얼마만큼은 벌었을 텐데!' 하고 후회가 되기 시작합니다. 그래서 대부분 뒤늦게 뛰어들게 되는데, 그때는 이미 시세가 꼭짓점에 다다라 있어요. 그래서 돈을 잃게 되고, 돈을 잃고 나면 '그때 괜히 했다' 하고 또다시 후회하게 됩니다. 처음에는 투자를 안 해서 후회하고, 나중에는 투자를 해서 후회하는 거예요. 대부분의 사람이 다 그렇습니다.

첫째, 괴로운 이유는 욕심 때문입니다. 둘째, 투기를 하든 투자를 하든 노름을 하든 괴롭지 않으려면 위험부담을 각오하고 하면 됩니다. 그래야 괴롭지 않아요. 저는 그런 걸 두고 하라거나 하지 말라는 얘기를 하지 않습니다. 그것은 자신의 선택과 책임의 문제입니다. 돈을 빌렸으면 이자 쳐서 갚아야 하는 것이고, 갚

기 싫으면 좀 궁하더라도 그냥 살아야 하는 거예요. 결국 본인이 선택해야 할 일입니다.

내가 어떤 분야에 투자를 했거나 누군가에게 돈을 빌려줬다면 거기엔 벌써 위험부담이 내재해 있는 거예요. 이자를 받기로 약속을 했더라도 남한테 돈을 빌려주는 순간 이미 못 받을 가능성이 생기는 겁니다. 그 행위를 할 때 벌써 위험이 따르는 거예요.

그러니 항상 투자를 할 때는 위험이 따른다는 사실을 알아야 해요. 이익이 높으면 위험이 그만큼 높습니다. 이걸 알고 본인이 선택해야 합니다. 그래야 돈을 잃어도 손을 툭툭 털면서 '재미있었다' 이렇게 말하고 바로 물러날 수 있습니다.

첫째, 괴로운 이유는 욕심 때문입니다.
둘째, 투기를 하든 투자를 하든
노름을 하든 괴롭지 않으려면
위험부담을 각오하고 하면 됩니다.
그래야 괴롭지 않아요.

10

사람 속에서 길을 묻다

"스님들이 보는 불경이나 《금강경》 같은 경전에는 사랑 이야 기도 없고, 제 생각에 연애 한번 해 보신 적이 없을 텐데, 스님은 어떻게 사랑에 관해서 이야기해 줄 수 있나요?"

수행자의 길을 걷는 스님이 사랑 고민에 대해 답하다 보니 가 끔은 이런 의문을 품는 사람과 만나게 됩니다. 사랑에 대해 환 상을 품고 있는 이런 사람은 제가 똑같은 사람이라는 점을 생각 하지 않아요. 저 역시 여러분과 똑같지만 연구하기를 굉장히 좋 아한다는 점이 다릅니다. 저는 사물을 바라보면서 '저건 왜 저럴까?', '왜 저 문제가 이렇게 풀렸을까?' 하고 끊임없이 의문을 품고 연구합니다.

한 가지 예를 들면 수행 중에 종종 단식을 합니다. 그때도 저는 '배가 고프면 심리가 이렇게 움직이는구나' 하면서 스스로 의문을 품고 연구하며 그 해결법을 찾습니다. 단식 중에 외부로 강연을 가면 초대한 곳에서 "스님, 한번 맛보세요"라며 별식을 대접합니다. 그 음식을 보면서 내 마음이 어떻게 작용하는지도 살펴보죠. 마음의 작용 원리는 욕망 등 어떤 이유가 있으니까요.

저는 정규교육으로는 고등학교가 끝입니다만, 아침에 신문을 읽으면서 귀퉁이 작은 기사 하나도 공부거리라고 생각하고 살펴봅니다. 무엇이든지 다 배울 것들이지요. 한 가지 예로 필리핀에서 반군 활동을 하는 '모로민족해방전선(MNLF)'의 수장과 만난 것을 들 수 있습니다. 이들은 필리핀 남부의 민다나오섬에 사는 이슬람교도들로서 독립을 요구하는 단체입니다. 제가 그 반군 조직의 수장과 만난 이유는 그 지역에 학교를 짓다 보니 치안 유지가 필요해서였습니다.

사람들은 민다나오 섬은 위험하다고 가려고 하지 않죠. 저에게도 왜 그곳에 가서 활동하려고 하느냐며 위험하다고 반대하는 사람이 많았습니다. 그런데 하물며 반군 지도자를 만나러 가다니, 너무 위험하다는 거였죠. 저는 직접 그들을 만나 짧게라도 대화를 나눠 봐야 승낙을 받든 못 받든 그 이유를 정확하게 알고 어떻게 일할 것인지를 결정할 수 있다고 생각했습니다. 그들과 만나서 이야기를 나누지 않았다면 그들이 원하는 바를 지금까지도 짐작할 수 없었을 거예요. 이런 만남도 큰 배움이지요.

실패를 두려워하지 말라고 자주 말하는데 저 역시 수없이 실수를 반복했습니다. 실수나 실패야말로 좋은 공부거리입니다. 매번 성공만 하면 절대 실력이 늘지 않습니다. 시험문제에서 답을 틀려야 정답을 찾기 위해 이런 방법도 찾아보고 저런 방법도 찾아보며 그 과정을 반복하면서 원리를 이해하게 되는 경우가 많습니다. 실패를 해 봐야 그다음 새로운 결과를 만들어낼 수 있고 그러면서 실력이 늘어납니다.

우리는 지금도 시행착오를 거듭하고 실패 속에서 새로운 무엇인가를 찾고 도전하기를 반복하고 있습니다. 그래서 어제까지는 연습이었고, 오늘만 실전이에요. 내일이면 내일은 또 새로운 실전이고, 오늘까지는 연습이 되겠죠. 저 역시 그런 마음으로 하루하루를 살아갑니다. 무슨 특별한 비법이 숨어 있는 남다른 인생은 아닙니다.

나의 심리를 연구하면서 남을 이해하고, 다른 사람과 상담하면서 그 사람의 심리에 나를 견주어 보는 것도 계속합니다. 사람의 심리는 비슷한 성질도 있지만 환경이나 자라온 배경에 따라 똑같은 사건에 대해서도 다른 심리가 일어나기도 합니다. 그래서 사람들의 마음이 모두 내 맘과 같을 것이라고 미리 짐작해 버리면 위험합니다. 반대로 사람의 마음은 모두 다 다르다고 생각하는 것도 옳지 않습니다. 사람의 마음은 공통점도 있고 개별적인 차이점도 있어요. 그 공통점과 차이점 양쪽을 다 봐야만 인간관계가 원만하게 이루어집니다.

어떤 일을 하다가 실패하면 새롭게 다시 도전하고, 성공하면 또 다른 일에 도전합니다. 그런데 이 결과만 놓고 하나는 실패한 인생이고, 하나는 성공한 인생이라고 말할 수 있을까요? 두 가지 일을 하거나 한 가지 일을 두 번에 걸쳐 도전해 성공하는 것이나 똑같은 인생입니다. 한 가지를 열 번 반복하는 것이나 다른 일을 열 가지 하는 것이나 어차피 같은 인생이에요. 인류 문명의 위대한 발견을 한 사람들은 열 번, 스무 번, 백 번 실패를 반복하다가 마침내 새로운 것을 찾아낸 사람이 많습니다. 그들을 우리는 위대한 발견을 해냈다며 존경하지요. 한 가지 일에 성공한 예를 백 가지, 천 가지 늘어놓은 사람은 그 당시에는 굉장히 빛났겠지만 오랜 세월 뒤에는 창조적인 결과로 칭송받는 사례가 없습니다.

흔히 결과만 놓고 천재라거나 신비롭다고 판단하는데 그 일을 이루기 위해 얼마나 많이 노력했는지 알면 그 어떤 결과도 신비한 건 없습니다. 모를 때는 기적이라 하지만 과정을 알면 결코

기적은 없습니다. 그러니 쉽게 '신비하다', '기적이다'라고 말하지 마세요. 그 말은 곧 무지(無知)하다는 걸 반증하는 겁니다. 원시인이 마이크나 휴대전화를 보면 신기하게 여기겠죠. 하지만 현재 손에 든 휴대전화를 보면서 신비하다고 말하는 사람은 아무도 없습니다. 원리를 잘 알고 있기 때문이죠.

우리의 삶은 연속된 과정입니다. 하루하루의 삶이 모두 소중한 인생이죠. '성공이냐 실패냐'보다는 그 과정에서 내가 무엇을 보고 배웠는지가 더 중요합니다. 청춘은 늘 도전하고 반성해야 해요. 실패를 반성하고 다시 도전하고, 분석해서 새로 도전하며 결과를 만들어 내기 위한 다양한 시도를 끊임없이 해 봐야 합니다. 사람 사이의 인간관계도 마찬가지입니다.

우리는 지금도 시행착오를 거듭하고
실패 속에서 새로운 무엇인가를 찾고
도전하기를 반복하고 있습니다.
그래서 어제까지는 연습이었고,
오늘만 실전이에요.
내일이면 내일은 또 새로운 실전이고,
오늘까지는 연습이 되겠죠.

네 번째 이야기

4 우리가
사는
세상

01

마음의 감옥

무엇을 해야 남에게 도움을 주면서 나도 행복하게 살 수 있을까 고민하는 청년이 있습니다.

"제가 세상을 보는 눈이 너무 어두워 무엇을 해야 할까 생각해 봐도 모두가 마음에 들지 않습니다. 모두들 진리를 말하지만 그것은 자신이 믿고 싶은 것, 보고 싶은 것, 듣고 싶은 것일 뿐 명확한 답을 내리고 있지 않습니다. 저도 그중 하나를 믿고 싶고 그래서 힘을 내고 싶지만 믿음이 생기지 않습니다. 주위에서는 허무주의자라고 말하더군요. 제가 할 수 있는 일은 하루하루 살아가는 것밖에 아무것도 없습니다."

이런 이야기를 들으면 '요즘 젊은이답지 않게 거국적으로 좋은 생각을 한다'라고 보는 사람도 있을 겁니다. 하지만 가만히 들어 보면 이 사람은 욕심이 너무 많아요. 나도 좀 잘 살고 남한테 좋은 일도 하겠다는 생각부터 욕심이에요. 어떤 사람이 제게 찾아와서 말합니다.

"스님, 결혼도 하고 싶은데, 한편으로는 출가해서 스님처럼 살고도 싶어요."

이런 말을 들으면 '어떻게 젊은 사람이 이런 마음을 먹었나?' 하면서 기특해할 일인가요? 아닙니다. '이 사람은 욕심 덩어리로구나'라고 생각해도 좋습니다. 그 이유는 뭘까요? 출가한 스님이나 신부님처럼 종교에 귀의해 다른 사람들에게 존경도 받고 싶고, 다른 한편으로는 결혼해서 아기자기한 쾌락과 행복도 누리고 싶은 마음이 공존하는 겁니다. 놀부가 두 손에 떡을 쥐듯이 양손에 존경과 쾌락 두 개를 움켜쥔 형상이죠. 그래서 갸륵한 마음이 일어난 것이 아니라 욕심이라고 말한 겁니다.

청년의 실문도 뭔가 듣기에는 거창하고 좋은 말 같지만 사실은 욕심이 너무 많아요. 욕심이 많으니까 뭔가가 눈앞을 가려서 아무것도 보이지 않죠. 우리가 자주 하는 말 중에 "욕심에 눈이 어두워 주변을 돌아보지 못한다"라는 말이 있습니다. 또 하나 눈과 관련된 말 중에 화가 너무 날 때 "눈에 보이는 게 없다"라고 말합니다. 눈이 어둡다 혹은 눈에 뵈는 게 없다는 말은 모두 '어리석다'는 뜻을 포함하고 있습니다. 화가 나면 사람이 어리석어지고 욕심이 많아도 어리석어집니다. 평소 같으면 이성적으로 생각해서 저지르지 않을 일을 욕심을 부리면 판단도 흐리게 되죠. 눈에 뵈는 게 없다는 것은 그래서 오히려 일을 그르친다는 뜻이에요.

지금 인생의 갈피를 못 잡고 할 수 있는 일이라고는 하루하루 살아가는 것밖에 없다고 말하는 것도 자신의 욕심이 너무 많기 때문입니다. 먼저 욕심을 버려야 해요. 그렇지만 욕심이 버린다고 해서 버려지는 것은 아니죠.

이렇게 한번 생각해 보세요. 지난여름 장마에 농사를 망쳐서 북한에 굶어 죽은 사람이 많다고 해도 내가 모르면 괴로움이 됩니까, 안 됩니까? 구제역 때문에 소를 수천 마리 생매장했다는데 그 시간에 나는 인도나 히말라야를 여행하다가 돌아왔어요. 그러면 소를 생매장한 사건이 나에게 괴로움이 됩니까, 안 됩니까? 안 됩니다. 나한테 괴로움이 되는 건 실제가 무엇이냐가 아니고 내 마음이 어떤가의 문제예요. 예를 들어 밤에 비단 이불을 덮고 따뜻하고 편안한 잠자리에서 자다가도 강도에게 쫓기는 꿈을 꾸면 괴로워요, 안 괴로워요?

주위에 아무 일이 안 생겨도 마음이 그 환영에 사로잡히면 괴로움이 생기고, 주위에서 난리가 일어나도 내 마음에 아무런 작용이 안 일어나면 괴롭지 않습니다. 그러니 나의 괴로움은 내 마음에서 일어나는 것이지, 바깥 문제 때문에 일어나는 것이 아닙니다.

그런데 우리는 착각을 하고 있어요. 남편이 술 마시고 늦게 들어와서, 바람을 피워서, 아내가 내 부모님이랑 사이가 안 좋아서, 자식이 공부를 안 해서, 대학까지 공부시켜 놨더니 다 큰 자식이 취업도 못 하고 집에 있어서, 직장을 얻지 못해서 내 마음이 괴로운 거라고 이야기합니다. 아닙니다. 내가 지금 괴로운 이유는 그것 때문이 아니에요. 내 괴로움은 내 마음에서 일어나는 겁니다. 그러므로 내가 지금 어떤 문제 때문에 괴롭다고 할 때 외부의 사람이나 사물을 탓해서는 문제가 해결되지 않습니다. 괴로움의 원인은 외부에 있는 것이 아니라 내 마음속에 있기 때문입니다.

그러니 우리가 마음을 닦고 관리를 잘해야 합니다. 유명한 원효대사의 일화를 떠올려볼까요? 원효대사가 의상대사와 함께 당나라로 유학을 가던 길에 동굴에서 잠을 청하게 되었습니다. 한밤중에 목이 말라 일어나 손으로 어둠 속을 더듬었더니 손끝에 물이 담긴 그릇이 닿았죠. 시원하게 목을 축이고 다시 잠을 청했습니다. 그런데 다음 날 일어나 보니 간밤에 마신 물은 해골에 고인 썩은 물이었습니다. 그때 원효대사는 큰 깨달음을 얻었습니다. 모든 것은 마음먹기에 달렸다는 것이지요. 옛말로는 '일체유심소조(一體唯心所造)'라고 합니다.

비슷한 말로는 '전도몽상(顚倒夢想)'이 있습니다. 모든 괴로움과 번뇌는 다 내 마음이 일으킨다는 것입니다. 내 마음에서 일어나는 것을 바깥에서 누군가 나를 괴롭힌다고 착각합니다. 마치 꿈속에서 강도에게 쫓기는 사람이 '사람 살려!'라고 아우성치면서 강도 때문에 괴롭다고 하는 것과 같습니다. 옆에서 보면 강도가 있습니까, 없습니까? 자는 사람은 죽을 듯이 괴로워하며 사람 살리라고 아우성을 치지만 깨어 있는 사람이 보면 잠꼬대, 헛소리한다고 하겠죠?

우리가 오늘 괴롭다고 아우성치는 것은 다 잠꼬대와 같습니다. 즉 착각이라는 거예요. 호랑이한테 쫓기는 꿈이든 강도한테 쫓기는 꿈이든 벼랑 끝에서 떨어지는 꿈이든 어떤 꿈을 꾸든지 눈만 뜨고 꿈에서 깨어나면 현실에서는 아무 문제도 없습니다. 그래서 우리의 일체 괴로움이란 눈만 뜨면, 즉 깨닫기만 하면 그냥 다 없어져 버리는 거예요.

그래서 깨달음이 중요하다고 말하는 겁니다. 그 깨달음은 마치 악몽에서 깨어나는 것과 같습니다. 눈을 꽉 감아 안 보이다가 눈을 떠 보면 본래 아무것도 없었다는 것을 알게 됩니다. 괴로움이 있었는데 그 괴로움이 없어지는 게 아니고 본래 괴로울 일이 없었다는 겁니다. 아무 일도 없었는데 혼자 환영에 휩싸여서 괴로워했다는 것을 깨닫게 되지요.

이제 두 번째 문제를 생각해 봅시다. 북한의 어린아이들이 굶어 죽는데도 나는 몰랐다고 가정해 보죠. 모르면 나는 아무 문제가 없지만 그렇다고 굶어 죽는 아이들이 죽지 않습니까? 내가 몰라도 굶어 죽는 건 죽어요. 그 문제는 내가 눈 감고 안 본다고 문제가 사라지거나 해결되지 않습니다. 다시 말하면 내 문제는 내가 스스로 눈을 뜨면 해결되지만 세상의 굶어 죽고 고통받는 중생의 문제는 내가 눈을 뜬다고 해결되는 게 아니라는 겁니다.

내 괴로움은 남과 논의해서 해결되는 게 아니라 내가 깨쳐야 해결이 되고, 고통받는 이웃의 문제를 해결하는 방법은 내가 피한다고 해결되는 게 아니에요. 내가 피하면 내 속에서 없어진 것이지, 문제는 그대로 남아 있어요. 외면한다고 해결되지 않는다는 뜻입니다. 방법은 우리가 그것을 알아서 구체적으로 해결해 나가야 합니다. 밥이 없어 굶는 아이들에게는 밥을 먹여야 살고, 병든 아이들에게는 약을 줘야 살 수 있습니다. 학교도 못 다니고 배울 수 없는 아이들에게는 공부할 수 있는 환경을 만들어 줘야 해결되지요. 우리가 이런 문제에 대해 외면하지 않고 불쌍히 여기는 마음을 자비심이라고 말합니다.

앞에서 말한 내 고민을 해결하는 데 필요한 내 해탈은 지혜의

눈을 뜨면 해결이 되고, 불쌍한 중생들을 구제하는 것은 내가 불쌍히 여기고 연민하는 마음을 가져야 해결할 수 있습니다. 연민의 마음에는 종교나 피부색, 제도나 이념이 다르다는 조건이 의미가 없습니다. 북한의 아이들이든 아프가니스탄의 아이들이든 국가도 의미가 없어요. 똑같은 사람이기 때문에 안타까워하고 슬퍼할 뿐입니다.

일본과 우리는 과거 역사적으로 아픔이 있었고, 지금도 독도 문제 등으로 분쟁하고 있습니다. 그렇지만 일본 동북부에서 지진이 일어나고 쓰나미가 발생해 마을이 산산조각이 되어 사라진 사건을 보면 마음이 아프죠. 정치적으로 밉다고 '에잇, 그거 천벌받았다'라고 생각하는 사람은 없을 겁니다. 일본이 밉더라도 인간의 힘으로 해결할 수 없는 엄청난 자연재해로 재산도 잃고 가족도 잃어버린 사람들이 흘리는 눈물을 보면 마음 아프고 안타까워하면서 작은 돈이라도 성금을 내고 돕고 싶어 합니다. 이런 마음을 자비심이라고 합니다.

불교의 핵심은 '지혜'와 '자비'라고 할 수 있습니다. 부처님은 지혜와 자비를 구족(具足)하신 분이라고 말합니다. 지혜는 자기를 해탈시키고 자신의 행복을 만끽하는 것이고, 자비는 남의 고통을 덜어주는 구체적인 실천 행위입니다. 불교 신자를 불자(佛子)라고 하는데, 불자란 아버지인 부처님을 따라 지혜와 자비를 갖춘 거룩한 인물이 되고자 노력하는 존재라는 뜻을 포함하고 있습니다. 여러분도 지혜와 자비를 갖춘 거룩한 사람이 되기를 바랍니다.

먼저 내 문제를 살펴볼 수 있는 지혜의 눈을 떠야 합니다. 나에게 지금 무슨 문제가 있는지 꿈에서 깨어나듯 내면의 문제들을 살피고 해결 방법을 찾으세요. 내 문제도 해결하지 못하면서 남을 위해 좋은 일을 하고 싶어 하면 그것은 자기 욕심에 지나지 않습니다. 상호 모순된 문제를 해결하려고 하는 마음이 욕심이에요. 처음에 고민을 털어놓은 사람이 했던 남에게 조금 도움이 되는 일을 해야겠다는 말은 달리 표현하면 다른 사람에게 좋은 평가를 듣고 싶다는 말에 불과합니다.

불교에서는 큰 상 작은 상 따지지 말고 아무런 대가 없는 보시를 해라, 상을 바라지 말라고 가르칩니다. 남을 도와줄 때 그에 대한 칭찬이나 보상을 받고 싶은 마음 없이 돕는다면 어떤 재물을 보시하는 것보다 그 공덕이 더 크다고 합니다. 자기 해탈을 이루고 나면 다른 사람에게 도움 되는 일을 실천할 수 있을 겁니다. 누구의 칭찬을 바라고 하는 일이 아니라 그야말로 순수한 의미의 보시를 행동으로 옮길 수 있을 거예요.

먼저 내 문제를 살펴볼 수 있는
지혜의 눈을 떠야 합니다.
나에게 지금 무슨 문제가 있는지
꿈에서 깨어나듯 내면의 문제들을 살피고
해결 방법을 찾으세요.
내 문제도 해결하지 못하면서
남을 위해 좋은 일을 하고 싶어 하면
그것은 자기 욕심에 지나지 않습니다.

02

"저는 부자가 되고 싶어요. 5년 후까지 종잣돈으로 1억을 모으고 싶지만 전세 대출 이자와 관리비 같은 고정 지출이 있어서 200만 원 초반대인 제 월급으로는 한 달에 최대 150만 원 정도 저축할 수 있습니다. 초기에는 제 월급이 적어서 어차피 부자가 될 수 없다고 생각하고 과소비와 욜로(YOLO, You Only Live Once, 인생은 한 번뿐)에 빠지기도 했습니다. 지금은 과거의 생활 방식을 반성하고 재테크 정보도 보면서 부자가 될 수 있는 길을 고민하고 있습니다. 제가 이번 생에 부자가 될 수 있을까요?"

어떤 사람이 부자일까요? 100억 원을 가지고 있으면서도 항상 1000억 원이나 조 단위의 돈을 가지고 있는 사람을 부러워하고 자기를 못난이라고 자학하는 사람이 부자일까요? 아니면 1억 원을 가지고 있어도 '전에는 100만 원도 없었는데 지금은 1억 원이 있다'라고 만족하는 사람이 부자일까요?

"후자가 부자인 것 같아요. 그래도 저는 노후가 걱정입니다. 노후만큼은 지금 소비하고 있는 것보다 풍족하게 쓰면서 보내고 싶습니다."

질문하신 분의 마음은 이해하지만 앞으로 노후에 대해서는 걱정할 필요가 없습니다. 과거에 사회보장제도가 잘 되어 있지 않았을 때는 노후를 개인이나 자녀가 책임져야 했지만, 앞으로는 정부가 보장해 줍니다. 사회보장제도를 통해 공동으로 노후를 책임져 주는 거예요. 그래서 개인이 따로 특별히 연금을 안 들어도, 노인이 되면 매월 30만 원씩 나옵니다. 국민연금을 넣었으면 합해서 50만 원, 60만 원씩 나오게 되고, 회사에 다녀서 세금을 냈으면 합해서 100만 원 정도가 나오게 돼요. 갈수록 이 제도가 확대되도록 되어 있습니다. 개인이 노후에 대해서 너무 걱정하지 않아도 됩니다.

풍족하게 쓰려고 하면 아무리 돈이 많아도 부족하고, 만족할 줄 알면 기본적인 소득만 있으면 편안하게 살 수 있어요. 질문자도 지금처럼 그렇게 허리띠 졸라매고 저축만 하지 말고, 수입에서 한 달에 100만 원만 저축하고, 어느 정도 지출을 하면서 직장에 다니는 것이 어떨까요?

지금 행복해야 합니다. 나중에 행복하기 위해 허리띠 졸라매고 살다가 몇 년 후에 교통사고나 암으로 죽어 버리면 아끼고 절약한 것이 무슨 의미가 있겠어요? 지금 행복하지만 나중에 불행하거나, 지금은 불행하지만 나중에 행복한 것은 반쪽짜리 행복이에요. 지금도 행복하고 나중에도 행복하기 위해서는 지금 만족할 줄 알아야 해요.

지금 만족할 줄 알면 소비를 적게 해도 됩니다. '잘 먹고 잘 입고 편하게 살겠다'라고 생각하지 말고, '밥만 먹으면 된다', '옷만 입으면 된다' 이렇게 생각해 보세요. 만족할 줄 아는 것이 행복으로 가는 지름길이에요.

대부분의 한국 사람들은 돈이 많이 있어도 늘 부족하게 생각합니다. 왜 한국 사람들은 돈을 가장 중요하게 생각하게 된 걸까요? 빈부 격차가 심하기 때문입니다. 실제로는 돈을 많이 가지고 있는데도, 자신보다 더 많이 가진 사람을 쳐다보면서 상대적 빈곤을 느끼는 사람이 많습니다. 그래서 어떻게든 돈을 빨리 벌고 싶은 거예요.

물질적 풍요를 중요시하는 현상은 통계 지표에서도 확인할 수 있습니다. 미국의 여론조사 기관에서 선진국 17개국을 선정해서 설문조사를 했습니다. '당신의 삶에서 가장 가치 있게 생각하는 것이 무엇인가?'로 질문하고 순위를 매기도록 했어요. 17개국에서 1만 9천 명을 조사했으니까 국가 당 1천 명 이상은 조사한 셈이에요. 17개국의 응답자 중 대다수는 인생에서 가장 가치 있는 것으로 '가족'을 꼽았습니다. 두 번째로는 '직업'이 많았습니다. 세 번째부터는 나라별로 조금씩 차이가 있지만 주로 '물질적 풍요'였어요. 그리고 네 번째부터는 건강이나 친구, 사회를 꼽았습니다.

한국은 17개국 중에서 유일하게 '물질적 풍요'를 1위로 꼽았습니다. 이어 건강, 가족, 일반적 만족감, 사회·자유 등이 비슷한 비율로 매겨졌습니다. 한국 사람들이 다른 나라 사람들과 비교했을 때 돈, 물질에 더 관심 있다는 것을 통계에서도 알 수 있습니다.

그리고 다른 나라는 대부분 '직업'이 2순위인데, 한국은 직업이 5위 안에도 안 들어와 있어요. 이게 또 큰 모순이죠. 돈이 1위라면 상식적으로 직업이 2위가 돼야 하잖아요. 직장생활을 해야 돈을 벌 테니까요. 그런데 돈이 제일 중요하다고 하면서 직업이 5위 안에 없어요. 결국 돈을 어떻게 벌고 싶은 걸까요? 성실하게 일해서 돈을 번다는 생각을 안 하고 있는 겁니다.

이런 현상이 지금 우리 사회에 만연하고 있습니다. 청년들 중에서 공무원이나 대기업 직원처럼 소위 '안정된' 직장을 가질 수 있는 사람은 열 명 중에 한두 명밖에 안 됩니다. 그런데 그 한두 명마저도 직장을 그만두고 좀 더 빠른 시일 내에 목돈을 쥘 수 있는 기회를 자꾸 추구하고 있어요. 안정된 직장을 갖지 못한 사람들은 더더욱 일확천금을 꿈꾸고 있습니다. 연봉 3~4천만 원을 받는 중소기업 같은 곳은 아예 쳐다보지도 않아요. 그래서 다들 파트타임으로 일해서 우선 임시로 밥만 먹고살면서 뭔가 기회를 노립니다.

또 주위에서 누가 주식 투자해서 돈 벌었다, 코인해서 돈 벌었다, 부동산 사서 돈 벌었다 이러니까, 그런 것을 안 하는 사람 입장에서는 어느 날 아침에 일어나 보니 자기가 가난해져 버렸어요. 이른바 '벼락 거지'가 된 느낌인 거죠. 옆에서 부자가 되면서 자기는 상대적으로 가난뱅이가 되고, 그러니까 불안한 거예요. 수입도 괜찮고 저축도 몇 천만 원을 해서 생활이 안정된 사람조차 불안해지기 쉬운 상황입니다. 지금 코인 광풍이며 주식 광풍이 부는 뒤에는 이런 사회적 배경이 있습니다.

옳고 그름을 떠나 지금 사회 전반의 분위기가 그렇습니다. 대통령이나 국회의원 선거에서도 젊은이들의 표를 얻기 위해 코인이나 주식 투자에 대해 긍정적으로 말하는 후보들을 볼 수 있습니다. 한반도 평화라든지 환경 정책 같은 주제에 대해서는 아무리 좋은 공약을 내더라도 관심이 없어요. 그러니까 선거 공약마저도 '돈'을 최우선의 가치로 여기는 거예요. 이처럼 지금 우리는 자본이 중심인 세상에 살고 있습니다. 이 거대한 물결에 치여서 사람들이 지쳐가고 있습니다.

요즘 부동산이나 주식 가격이 많이 올라 특히 젊은이들이 월급만으로 집을 사는 것이 불가능해졌죠. 그래서 젊은이들의 상실감이 너무 큽니다. 주택은 우리가 거주하는 공간인데, 우리나라 사람들은 옛날에 집 없이 산 경험 때문인지 투자 개념으로 집에 접근합니다. 그러다 보니 투기 바람이 불어서 사회 문제가 되고 있습니다. 집에 투자해서 돈을 좀 벌 수 있다 하더라도 그건 다른 누군가에게 눈물이 나도록 하는 일입니다. 그래서 가능하면 집은 거주 공간 개념으로 생각하고 투기하는 사람들을 쳐다보지 않는 것이 좋습니다.

바른 가치관이 중요합니다. 모두 줄을 서서 세상의 흐름을 따라가기 바쁘지만 그 길은 의미 있는 삶이 아닙니다. 그로부터 좀 벗어나서 자유로워져야 진정 내 삶의 주인이 될 수가 있어요. 내 인생에서 무엇이 가장 의미 있는지 기준이 없는 사람이 많습니다. 이걸 '자아 상실'이라고 하죠. 자기중심성이 없이 거대한 흐름 속에 그저 떠내려가고 있어요. 여기에 휩쓸려가는 것은 거대한 홍수에 떠내려가는 쓰레기나 나무토막과 같습니다.

그러니 여러분도 마냥 불안해하지만 말고 자신을 돌아보고 지금 상황을 조금 더 유심히 살펴보면 좋겠습니다. 돈에 미쳐서 자기 건강을 해치고, 가족 간 불화를 일으키고, 이혼을 하고, 자녀를 버리는 일이 벌어지고 있어요. 마음의 부자가 되세요. 남에게 손해를 끼치거나 남을 괴롭히지 않고 사는 것이야말로 진짜 이번 생에서도 복이고, 다음 생에서도 복이 되는 길입니다. 괜히 남을 쳐다보고 욕심을 내다가 고생하는 화를 자초하지 않기 바랍니다.

지금 행복하지만 나중에 불행하거나,
지금은 불행하지만 나중에 행복한 것은
반쪽짜리 행복이에요.
지금도 행복하고
나중에도 행복하기 위해서는
지금 만족할 줄 알아야 해요.

03

우리 왜 점점
더 바쁘게
사는 걸까요?

"요즘 제 모습을 보면 아침 해가 뜨기 전에 출근을 하고 저녁 늦게 집에 돌아옵니다. 사람들이 편안하게 살 수 있도록 과학기술도 발전하고 산업화도 되었는데, 왜 우리는 과거의 사람들보다 바쁘게 사는 걸까요?"

소비가 늘어났기 때문입니다. 옛날 사람들처럼 최소한으로 필요한 옷을 입고, 최소한으로 필요한 음식을 먹고, 최소한으로 필요한 집을 가진다면, 지금보다 훨씬 노동을 덜 해도 되고 여유도 생길 거예요. 옛날에는 하루에 여덟 시간 일을 해야 밥을 먹고 살 수 있었다면, 요즘은 두 시간만 일해도 밥을 먹고 살 수는 있습니다. 그런데 문제는 다른 소비를 계속 늘리니까 옛날보다 더 바빠진 거죠.

소비를 줄이지 않는 한 어쩔 수 없어요. 여유를 누리고 싶다면 소비를 줄여야 합니다. 소비를 계속 늘리기 때문에 현재 수입으로 감당하기가 어려운 거예요. 과학기술이 발전해서 더 많은 생산을 할 수 있게 되었지만 그만큼 소비가 늘어나니까 늘 시간이 부족하고 늘 바쁘게 된 겁니다. 1960년대에는 우리나라 1인당 GDP가 100달러였습니다. 지금은 1인당 GDP가 3만 달러가 되었는데도 더 바빠졌어요. 앞으로 30만 달러가 되어도 더 바빠질 겁니다. 새롭게 소비해야 할 것들이 더 많이 생기기 때문에 또 바빠지는 거죠. 손톱을 몇 번 손질해야 한다든지, 머리를 몇 번 만져야 한다든지, 패물을 더 많이 달아야 한다든지, 집을 어떻게 꾸며야 한다든지, 수입이 늘어난 만큼 소비가 더욱더 늘어날 겁니다.

월세방 하나 못 구하던 사람이 열심히 돈을 벌어 월세방을 구하면 이제는 전세방을 구하기 위해 돈을 모읍니다. 당시에는 결혼할 때 가장 많이 해주는 선물이 쌀통이었어요. 쌀통이 나오기 전에는 쌀을 그냥 쌀자루에 넣어서 먹었습니다. 그런데 버튼을 누르면 한 컵 분량의 쌀이 나오는 쌀통이 나오자 큰 인기를 끌었

어요. 옆집이 사니까 나도 따라서 샀던 거죠. 신혼살림에는 이 쌀통이 꼭 있어야 하는 것으로 분위기가 바뀌었어요.

이렇게 새로운 물건이 나올 때마다 집에 갖춰야 하는 물건들이 계속 늘어납니다. '선풍기는 있어야 한다', '냉장고는 있어야 한다', '세탁기는 있어야 한다', '전세에 머무를 게 아니라 내 집마련을 해야 한다', '작은 집에서 큰 집으로 옮겨야 한다' 이렇게 사람의 욕구는 끝이 없습니다. 이제는 내 집 마련을 했다고 해서 끝이 아니잖아요. '어느 지역에서 살아야 한다', '교통이 좋아야 한다', '학군이 좋아야 한다', '어떤 시설을 갖춰야 한다' 이렇게 끝이 없습니다. 옷도 몸을 가리기만 하면 되는 정도가 아니라 명품을 입어야 해요. 그렇게 따지다 보면 1만 원짜리 옷을 입다가 10만 원짜리 옷을 입게 되고, 나중에는 100만 원짜리 옷을 찾게 됩니다. 그러니 아무리 일을 하고 아무리 돈을 벌어도 늘 부족함을 느낄 수밖에 없어요. 한마디로 소비가 늘어서 그렇게 되는 것이라고 말할 수 있습니다.

'과연 나에게 정말 필요한 소비인가?'

소비하기 전에 이 질문을 먼저 던져봐야 해요. 대부분의 사람들이 다른 사람이 하니까 나도 해야 한다고 생각합니다. 옛날에는 배고프면 밥만 먹으면 됐습니다. 요즘 사람들은 밥 먹고 나서 카페에 가서 커피 한 잔을 마시잖아요. 3천 원짜리 라면을 사 먹더라도 커피는 6천 원을 주고 마십니다. 그러니 이 문제가 어떻게 해결이 되겠어요?

돈을 좀 더 많이 벌게 된다고 해서 이 문제가 해결되는 게 아니에요. 돈이 좀 더 생기면 소비 수준도 더 높아지기 때문입니다. 수입이 늘면 차도 더 나은 차로 바꾸고, 집도 더 넓은 곳으로 옮기잖아요. 그러니 늘 바쁠 수밖에 없는 겁니다. 결국 여유 있는 삶을 살기 위해서는 어느 정도 선에서 멈춰야 합니다.

이 문제는 꿈속에서는 영원히 해결할 수가 없습니다. 그러나 꿈만 깨면 단박에 해결할 수 있어요. 술을 마시거나 담배를 피우는 사람이 좀 더 좋은 술을 마시고 싶고, 좀 더 좋은 담배를 피우고 싶어 할 때는 그 '좋음'에 끝이 없습니다. 그러나 술을 안 마시고 담배를 안 피우는 사람의 관점에서 보면 그건 아무 일도 아니에요. 한마디로 아무 문제도 없다고 볼 수 있습니다.

그것처럼 지금 우리는 소비에 중독된 상태라고 할 수 있어요. 소비에 중독된 관점에서 사물을 보고 있기 때문에, 중독에서 벗어나지 않는 한 이 문제는 해결이 어렵다고 얘기할 수 있습니다.

여유를 누리고 싶다면
소비를 줄여야 합니다.
소비를 계속 늘리기 때문에
현재 수입으로 감당하기가 어려운 거예요.
과학기술이 발전해서
더 많은 생산을 할 수 있게 되었지만
그만큼 소비가 늘어나니까
늘 시간이 부족하고
늘 바쁘게 된 겁니다.

04

젊은 세대가
좌절감을 가질 수박에 없는 **이유**

"한국의 청소년 자살률은 놀랄 정도로 높고, 한국 젊은 세대의 자포자기적 심리와 우울증이 증가하고 있습니다. 게다가 결혼 비율은 낮고, 이혼율은 높아지고, 출산율은 인구 유지를 위한 출생률 보다 한참 낮습니다. 이런 상황들을 볼 때, 한국 사회는 근본적으로 위기에 맞닥뜨린 것 같습니다. 오늘날 한국이 마주한 여러 가지 문제를 극복하기 위해서 우리는 무엇을 해야 하나요?"

이런 현상은 대한민국이 급격한 경제 발전과 사회 발전을 이룬 후유증이라고 볼 수 있습니다. 대한민국은 세계에서 가장 짧은 시간에 가장 빠르게 변화를 이루었습니다. 속도가 빠른 것뿐만 아니라 성공적인 성장을 했습니다. 경제적으로도 급속한 발전을 했고, 정치적으로도 민주화를 달성했습니다. 이것이 기성세대에게는 굉장한 자부심이고 자랑이지만, 젊은이들에게는 보이지 않는 압박이 되고 있습니다.

제가 초등학교 1학년이었을 때 한국의 1인당 GDP가 100달러였는데 지금은 3만 2천 달러입니다. 60년 만에 320배가 늘었습니다. 약간의 기복이 있었지만 거의 지속적으로 성장했습니다. 제가 어릴 때는 호롱불을 켜고 자랐습니다. 그 다음에는 램프를 썼습니다. 그 후 전기가 들어왔습니다. 또 제가 어릴 때는 나무를 때서 밥을 해 먹었습니다. 조금 잘사는 사람은 연기가 덜 나게 숯으로 밥을 해 먹었습니다. 그러다가 연탄으로 바뀌었습니다. 그다음에는 석유로 바뀌었습니다. 그다음에는 가스로 바뀌었고, 지금은 전기로 바뀌고 있습니다. 매년 월급이 조금씩 올랐고, 집도 조금씩 커지고, 이렇게 생활이 점점 개선되는 속에서 지난 60년을 살았습니다. 제가 어릴 때는 잠을 잘 때 한방에서 여섯 명씩 잤습니다. 지금은 자녀들도 한 사람이 방 하나를 사용하는 집이 대부분입니다.

이렇게 세월이 흐를수록 늘 성장하는 것밖에 경험하지 못했습니다. 그렇기 때문에 기성세대는 이런 어려운 상황 속에서도 성공적으로 살았다는 자부심이 있는 거예요. 초등학교만 졸업하고도 돈을 벌어서 집을 사고 부모를 봉양하고 자식을 대학까지 보냈기 때문에 지금의 자녀들을 보면 이런 생각이 들 수밖에 없습니다.

'너는 공부할 방도 있겠다, 전기도 들어오겠다, 학원도 보내 주겠다, 대학도 보내주겠다, 그런데도 도대체 너는 왜 공부를 제대로 안 하냐?'

젊은 세대들에게 이런 보이지 않는 비판과 압박감이 계속 있는 거예요. 그러나 개인적으로는 지금 젊은 세대들은 자신의 미래가 갈수록 좋아지는 게 아니라 나빠질 가능성이 더 높다고 생각합니다. 취업하기도 점점 어려워지고, 수입도 점점 줄어드니까요. 게다가 부모 밑에서 살 때는 큰 방을 갖고 살았는데, 결혼하면 오히려 방이 줄어듭니다. 부모 밑에서 살 때는 부모가 해 주는 밥을 먹고 지냈는데, 결혼하면 자기가 밥을 해야 합니다. 결혼을 하면 조건이 좋아지는 게 아니라 더 나빠지니까 불만이 커지고, 그런 두 명이 같이 사니까 갈등도 생길 수밖에 없어요. 그래서 '내 살기도 어려운데 애를 낳아서 어떻게 키우나?' 이런 걱정이 드는 겁니다.

이것은 물질적인 요인보다는 심리적인 요인이 더 크다고 볼 수 있습니다. 기성세대는 자기가 어릴 때부터 노력을 해서 살았기 때문에 자생력이 있는데, 지금 젊은이들은 부모가 대학까지 모든 걸 다 지원해 주기 때문에 자기 스스로는 자립하기가 어려운 거예요. 거기다가 부모의 갈등 속에서 자라거나 경쟁 속에서 압박을 받고 자랐기 때문에 정신적으로 우울증을 앓는 젊은이들의 비율이 매우 높습니다.

이 문제를 해결하려면 성공해야 한다는 부모의 전통적 압박으로부터 젊은이들이 자유로워져야 합니다. 출세해야 한다는 생각에서 벗어나야 합니다. 부모도 그런 요구를 자식에게 해서는

안 됩니다. 지금 젊은이들에게는 변화하고 있는 새로운 세상에 적응해서 살아갈 수 있는 훈련과 정신적인 치료가 필요합니다. 즉 '어떻게 살 것인가?' 하는 측면에서 삶의 가치관이 다시 정립되어야 합니다. 젊은이들이 자부심을 가질 수 있도록 새로운 역할과 미래의 희망을 제시해야 합니다.

한국 사람들이 어려움 속에서도 여기까지 버텨온 것은 늘 희망과 자부심을 가질 수 있었기 때문입니다. 나라를 잃었을 때는 '독립을 하자' 하는 운동이 있었습니다. 경제적으로 어려울 때는 '우리도 한번 잘살아 보자' 하는 운동이 있었습니다. 독재의 억압을 받을 때는 '우리도 민주사회를 한번 만들어보자' 하는 운동이 있었습니다. 고통도 겪었지만 그 과정을 통해서 희망과 자부심을 가질 수 있었습니다. 그런데 지금 한국 사회는 젊은이들이 집단적으로 미래의 희망을 가질 수 있는 그런 어떤 것이 없습니다.

결론적으로 말씀드리면 한국의 성공적 발전이 가져온 후유증입니다. 그래서 '과연 성공이 좋은 것인가'에 대해 재평가 작업이 필요합니다. 그러니 여러분들도 자녀들에게 모든 걸 다 갖춰 주는 게 정말 좋은 것인지, 이 점에 대해서도 다시 생각해 봐야 합니다. 이것은 마치 야생동물을 우리 안에서 너무 오래 키우면 야생성을 잃어버리는 것과 같습니다. 우리 모두가 함께 노력해서 이런 문제들을 극복해야 합니다.

'어떻게 살 것인가?' 하는 측면에서
삶의 가치관이 다시 정립되어야 합니다.
젊은이들이 자부심을 가질 수 있도록
새로운 역할과 미래의 희망을
제시해야 합니다.

05

분열의 시대, 우리는 어떻게 살아가야 할까요?

"분열된 세상에서 지금 많은 사람들이 불안과 스트레스 속에서 살고 있습니다. 갈등은 점점 심해지는 것 같고 대화를 피하거나 스스로 혼자가 되는 사람이 많아진 것 같습니다. 이런 분열과 갈등의 시기에 삶을 어떻게 살아가야 할지 모르겠습니다."

이 세상은 아무 문제가 없습니다. 다만 과거에 내가 알고 있던 것과 달라져서 혼란스러울 뿐입니다. 옛날보다 더 좋아졌다고 느끼면 아무렇지 않지만, 옛날보다 안 좋아졌다고 느끼면 혼란스럽게 느껴지는 것입니다. 또 예전에는 세상의 변화를 파악

할 수가 있었는데, 지금은 세상이 급변해서 잘 파악할 수가 없어서 더욱 혼란스러울 수가 있습니다. 결국 세상이 혼란스러운 게 아니라 세상을 인식하는 내가 세상을 잘 파악하지 못하기 때문에 혼란스러운 겁니다. 내가 기존에 갖고 있던 인식의 틀을 버리고 세상을 있는 그대로 바라본다면 세상은 혼란스럽지 않을 것입니다.

지금처럼 세상의 흐름에 큰 변화가 생기면 필연적으로 그로 인해 이익을 보는 사람도 생기고, 손해를 보는 사람도 생깁니다. 이때 우리는 변화로 인해 손해를 본 사람들이 그 고통을 덜 수 있도록 도와줘야 합니다. 변화를 통해서 이익을 얻은 사람들은 그 이익을 주변 사람들과 나눠 가져야 합니다. 왜냐하면 그 이익은 스스로의 능력으로 얻은 것이 아니기 때문입니다. 이 점을 자각해야 나눔의 필요성을 느끼고 나눔에 동참할 수 있습니다.

특히 요즘은 유튜브의 알고리즘에 의해서 자기가 보고 싶은 것만 보고, 듣고 싶은 것만 듣기 때문에 사고가 자꾸 편향되어 갑니다. 자기 생각만 옳고 다른 사람의 생각은 틀렸다는 생각이 너무 강해지고 있습니다. 누가 옳고 누가 그른 것이 아니라 서로 다르다는 것을 인정하는 사회적 인식이 필요합니다. 상대방의 믿음과 사상과 가치관이 나와 다를 수 있음을 인정하는 것이 상대방을 존중하는 것입니다. 다름을 인정하지 않아 갈등이 극에 달

하면 전쟁도 불사하게 됩니다. 자기 식으로만 세상을 바라보고 상대를 이해하지 않으려는 자세를 극복해야 합니다.

우리가 겪는 혼란스러움은 어떤 절대자가 내린 벌이나 종말이 아닙니다. 그냥 세상의 변화일 뿐입니다. 이 변화로 인하여 발생한 문제를 어떻게 개선할 것인가에 집중해야 합니다. 그렇게 하기 위해서는 물질적인 것이 아니라 정신적인 것에 행복을 느낄 수 있도록 영성을 개발하는 것이 필요합니다.

"또한 저는 요즘 제 의견을 말하지 않고 그냥 침묵합니다. 제가 정치적이거나 사회적인 의견을 얘기하면 사람들이 저를 적으로 간주하기 때문입니다. 예전에는 '나는 내 인생을 살고, 너는 네 인생을 산다'라며 상대를 있는 그대로 인정하고 수용했던 것 같습니다. 하지만 요즘은 제가 상대를 지지하지 않으면, 저는 곧 그 사람의 적이 되고 나쁜 사람이 됩니다. 계속 이렇게 침묵해야 할까요? 제 의견을 말하지 않고 다른 사람들이 하는 말을 듣기만 하면서 '그래, 그런 것 같다' 하는 것이 좋을까요?"

지금 이야기한 그런 세상이라면 저는 좋은 기회가 왔다고 생각합니다. 왜냐하면 우리가 예수님이 될 수 있는 세상이 되었기 때문입니다. 예수님은 인기에 편승하지 않고, 올바른 말을 하고 십자가에 못 박히지 않았습니까? 뭐가 두렵습니까? 내 주장을 이야기한다고 해서 사람들의 비난을 조금 받긴 하겠지만 예수님처럼 십자가에 못 박히지는 않을 거예요. 비난이 두렵다면 말을 하지 않아야 합니다. 그러나 비난을 두려워하면서 무슨 정의를 말하겠어요? 이것은 세상의 문제가 아니라 나의 문제입니다.

우리는 세상이 자기가 원하는 대로 되기를 바랍니다. 그러나 세상은 저절로 변하지 않습니다. 우리가 원하는 바가 있다면 그것을 이루도록 노력해야 합니다. 그 과정에서 따르는 손실이 있다면 감수해야 합니다. 왜 대가를 지불하지 않으려고 할까요? 돈을 부담해야 한다면 값을 치르면 됩니다. 비난을 받아야 한다면 비난을 받으면 됩니다. 감옥에 가야 한다면 기꺼이 가면 됩니다.

어떻게 해도 죽을 일은 없으니 '예수님보다는 낫다' 이렇게 생각하고 적극적으로 말하고 행동하세요. 앉아서 계속 불평만 하고 있어서는 아무 일도 못 합니다. 그렇다고 내 주장을 함부로 말해서 상대를 자극할 필요는 없습니다. 일부러 갈등을 유발할 필요는 없지만 두려워해서도 안 됩니다. 조금 적극적으로 대응했으면 좋겠습니다.

세상이 문제가 있다고 하면서 아무런 행동도 하려고 하지 않는 것은 안일한 태도입니다. 투표조차 하지 않으면서 정치의 변화를 요구하는 것과 같아요. 내가 원하는 세상을 만들기 위해 조금 더 자신 있고 당당하게 실천을 해 나갔으면 좋겠습니다.

누가 옳고 누가 그른 것이 아니라
서로 다르다는 것을 인정하는
사회적 인식이 필요합니다.
상대방의 믿음과 사상과 가치관이
나와 다를 수 있음을 인정하는 것이
상대방을 존중하는 것입니다.

06

사회적 약자로 살아가기

"저는 동성애자로 태어났습니다. 자살 시도 후에 우울증을 겪었고, 지금은 저를 인정하고 평범하게 살려고 노력하고 있습니다. 소수자를 배척하는 사회 분위기에 많은 어려움도 겪고 있습니다. 저의 성 정체성을 숨기고 보통 사람처럼 이성과 결혼하면 죄가 될까요? 그렇게 하는 것이 안 된다면 성소수자로서 어떻게 살아야 할까요?"

사람이 태어남에 의해서 주어지는 것은 어떤 것도 차별해서는 안 된다는 것이 부처님의 가르침입니다. 피부 빛깔이나 국적,

성별 등은 태어남에 의해 주어지는 것이지 본인이 선택한 것이 아닙니다. 태어나 보니 피부가 검은 것이지 '나는 검은색 피부를 가질래' 하고 본인이 선택한 것이 아닙니다. 그래서 피부가 검다고 사람을 차별하는 것은 자연의 이치에도 어긋나고, 진리에도 어긋나는 거예요.

성애(性愛)도 자기가 선택한 것이 아닙니다. 대부분의 사람은 이성애를 갖고 있습니다. 그러나 소수의 사람들은, 몸은 남성이지만 여성한테는 아무런 성애를 못 느끼고 남성에게 성애를 느끼는 사람들이 있습니다. 몸은 여성인데 남성에게 성애를 안 느끼고 여성에게 느끼는 사람들도 있습니다. 이것을 '동성애'라고 하죠. 이것을 옛날 사람들은 이해하지 못했어요. 동성애는 질환이라고 생각했습니다. 그런데 지금 의학적으로 밝혀진 사실은 동성애는 소수이긴 하지만 태어남에 의해서 주어진다는 것입니다. 그러니 차별해서는 안 되고, 죄악시해서도 안 된다는 것에 대해 지금은 많은 사람들이 동의하고 있습니다.

소수 민족, 소수 종교 등 소수라고 차별받는 것은 옳지 않습니다. 지금 많은 차별이 평등으로 나아가고 있습니다. 여성에 대한 차별은 성 평등으로 나아가고 있고, 신분에 대한 차별은 신분 해방으로 나아가고 있고, 인종에 대한 차별은 인종 차별 철폐로 나아가고 있는데, 아직도 사람들의 관념 속에 동성애에 대해서는 편견이 강하게 남아있습니다. 이런 차별 철폐 운동 중에 성소수자 문제가 가장 큰 이슈가 되고 있는 걸 보면 어쩌면 이것이 마지막 남은 인간 해방의 과제일지도 모르겠습니다.

우선 본인 스스로 동성애는 병도 아니고, 하나님의 벌도 아니고, 전생의 죄도 아니고, 다만 소수일 뿐이라는 것을 알아야 합니다. 다수의 부류에 들어가지 않는 소수일 뿐이에요. 소수이다 보니 세상을 살아가는 데 좀 불편하죠.

결국 어떤 선택을 하느냐가 중요합니다. 첫째, 수행을 통해서 성애로부터 자유로워지는 길을 선택할 수 있습니다. 동성애가 큰 고통이라면 스님이 이성애를 멈추듯이 동성애를 멈추는 수행을 하는 길이 하나 있어요.

둘째, 성애를 표현하는 것은 인간 세상에서 자연스러운 것이니까 성애를 표현하고 사는 길이 있습니다. 이성과 결혼하면 세상 사람들이 성애를 합법화시킵니다. 이성애를 표현하는 것을 사랑이라고 이름 붙여서 정상적으로 봐 줍니다. 그런 것처럼 동성애도 합법화가 될 거냐, 안 될 거냐 하는 문제입니다.

동성애도 인간이 가질 수 있는 하나의 자연스러운 성애입니다. 그래서 질문자가 동성애를 더 이상 숨길 필요도 없고, 죄악시할 필요도 없습니다. 일부러 밝히고 주장할 것은 아니지만 스스로 내면적으로는 떳떳해야 합니다. 눈이 안 보이면 좀 불편할 뿐이지 열등한 것이 아닌 것처럼, 동성애가 주류에 속하지 않는 소수이다 보니 불편한 것은 사실이지만, 이것은 어떤 죄도 아니기 때문에 죄악시하거나 열등의식을 가질 필요가 전혀 없어요. 이 관점을 분명히 가져야 합니다. 그래서 자신의 성애를 자연스럽게 커밍아웃을 해서 가족들이나 주변 사람들에게 자기표현을 하는 길이 있어요.

동성애를 특별하게 볼 필요는 없습니다. 서로 좋아하는 사람을 만났다면 연애를 하면 됩니다. 이성애를 가진 남자도 여자를 다 사귀는 것은 아니잖아요. 자기 마음에 드는 사람이 있어야 연애를 하죠. 마찬가지로 동성애도 자기 마음에 드는 사람이 있어야 연애를 하는데, 상대가 그것을 받아들이지 못하면 연애를 못합니다. 이성애자도 상대가 마음에 들었을 때 그 사람이 받아들이지 않으면 사귈 수가 없어요. 상대가 싫다는데도 접근하면 성추행이 됩니다. 그러니 동성애를 특별하게 보지 말고, '동성애라서 안 된다' 이렇게 생각하지도 마세요. 이성애도 똑같이 내가 좋아하는 사람에게 가서 고백을 했는데 상대가 싫다고 하면 포기해야 하듯이 동성애도 마찬가지라고 받아들여야 합니다.

결혼하여 가정을 꾸리고 싶다면 자신의 상태를 솔직하게 고백하고 결혼하는 것이 좋다고 생각합니다. 그걸 받아들일 수 있는 여성을 처음부터 선택해야 한다는 겁니다. 대신에 가정생활에 충실하겠다는 약속을 해야겠죠. '혼자 사는 사람도 있는데 성적 욕구의 문제는 정진을 통해서 개선해 가는 방식으로 살겠다' 이렇게 얘기하고 결혼하는 것이 상대에 대한 예의라고 생각해요. 자제하는 것이 도저히 어렵다면 유럽이나 동성혼이 합법화된 나라에 가서 사는 방법도 있습니다. 인간은 누구나 행복할 권리가 있잖아요. 사람은 어디서든 자기의 행복을 마음껏 누리면서 사는 것이 낫다고 생각해요.

더디지만 그런 쪽으로 사회가 조금씩 바뀌어 가고 있습니다. 과거에는 잘못된 편견으로 인해서 동성애를 죄악시하는 문화가 있었는데, 더 이상 죄악시해서는 안 됩니다. 동성 결혼도 합법화하는 시대이니까요.

눈이 안 보이면 좀 불편할 뿐이지
열등한 것이 아닌 것처럼,
동성애가 주류에 속하지 않는 소수이다 보니
불편한 것은 사실이지만,
이것은 어떤 죄도 아니기 때문에
죄악시하거나 열등의식을 가질 필요가
전혀 없어요.
이 관점을 분명히 가져야 합니다.

참혹한 전쟁을 보면
무력감에 빠집니다

"현재 세계 여러 곳에서 수많은 갈등과 전쟁으로 인해 일어나는 끔찍한 학살 행위를 보면서 무력감에 빠지고 고통스럽습니다. 이 모든 것을 어떻게 이해해야 할지, 어떤 식으로 고통과 무력감의 시간을 헤쳐 나갈 수 있을까요?"

"지금 무력감을 느끼는 문제가 구체적으로 무엇입니까?"

"이 슬픔에 빠져들지 않고 실제로 행동에 옮길 수 있는 최선의 방법을 찾고 싶습니다. 그러나 행동하기는커녕 이런 부정적인 생각에서 벗어나기가 어려워 괴롭습니다."

상황을 사실대로 이해하면 감정의 동요가 덜 생깁니다. 즉, 일어난 일을 있는 그대로 보면 평정심을 유지할 수 있습니다. 이 세상에 일어나는 일은 그 일이 어떠한 일이든 일어날 만한 원인이 있기에 일어난 것입니다. 어떤 사건이 하늘에서 떨어지거나, 땅에서 솟아나거나, 그저 우연에 의해 일어나거나 하지 않습니다. 그렇기 때문에 어떤 현상이든 일어날 수 있는 조건 또는 일어날 수밖에 없었던 원인을 알고 이해하면 마음의 불편은 없어집니다.

우크라이나 전쟁이든 하마스-이스라엘 전쟁이든 그 전쟁이 일어난 원인을 먼저 자세히 알게 되면 어느 한쪽의 편을 들기보다는 상황을 바르게 이해할 수 있습니다. 그런 다음 문제 해결에 도움이 될 수 있는 여러 가지 선택을 해야 합니다. 내가 지지하는 쪽이 있다면 그들을 위해 기부를 할 수도 있고, SNS를 통해 응원의 메시지를 올릴 수도 있고, 비판의 목소리를 낼 수도 있습니다. 내가 직접 현장에 가서 어떤 행위에 참여할 수도 있습니다. 대신 그 선택을 하기 위해서는 반드시 그만한 대가를 지불해야 합니다. 기부한다면 재정적인 부담을 감당해야 하고, 응원이나 비판의 글을 쓴다면 거기에 대한 비난이 따를 수 있다는 걸 감수해야 합니다. 이번에도 미국 하버드 대학생들이 이스라엘의 무차별 폭격을 비판했다고 해서 블랙리스트에 오르고 앞으로 취직에 장애가 될 것이라는 뉴스도 나왔잖아요. 평정심을 가지고 선택을 했다면 그 결과를 받아들이기가 쉽지만, 만약 흥분된 상태로 선택한 것이라면 나중에 '그때 내가 잘못 선택했다' 하고 후회를 할 수 있습니다. 만약 현장에 직접 참여하는 선택을 한다면 부상을 당하거나 죽을 위험에 처할 수도 있습니다. 그러니 어떤 선택을 하든 그에 따른 결과를 받아들여야 합니다.

지금 세계에서 일어나고 있는 전쟁에 대해서 첫 번째로 지녀야 하는 관점은 어떤 경우에도 폭력적으로 문제를 해결하는 것은 올바르지 않다는 것입니다. 러시아가 우크라이나를 무력으로 침공하고, 하마스가 이스라엘을 무력으로 공격했다는 것은 일단 잘못된 행위라고 봐야 합니다.

두 번째 관점은 그럼에도 불구하고 그들은 왜 그런 선택을 할 수밖에 없었는가를 이해할 필요가 있습니다. 그들이 아무 이유 없이 어느 날 갑자기 침공한 게 아닙니다. 1975년 유럽에서 냉전을 종식하면서 나토(NATO)와 소비에트 연방 사이에 헬싱키 협정이라고 하는 상호 간의 합의가 있었습니다. 그런데 나토가 그 후로 조금씩 동진을 하기 시작했습니다. 러시아는 전통적으로 벨라루스와 우크라이나를 독립된 국가라기보다는 러시아 일부로 생각하는 관점을 가지고 있습니다. 러시아어에서 우크라이나는 국가 이름이 아니라 지방 이름입니다. 그런데 나토가 우크라이나까지 진출하겠다고 하니 러시아에서는 안보상의 위기를 느낀 겁니다. 그전부터 나토가 리투아니아, 라트비아, 폴란드, 슬로바키아, 루마니아로 영향력을 넓힐 때도 불만은 있었지만, 그 나라들은 러시아의 땅은 아니었기 때문에 거기까지는 참았지만 이제는 러시아의 영토라고 생각하는 우크라이나까지 진출하니까 러시아로서는 '이것은 헬싱키 협정의 위반이자 러시아를 침공하는 것과 마찬가지이다' 하는 생각을 하게 된 것입니다.

그렇다고 하더라도 러시아의 무력 행동이 정당하냐는 것은 처음부터 아니라고 했습니다. 어떠한 것도 무력으로 해결하는 것은 옳지 않다는 관점을 뚜렷하게 가져야 합니다. 그런 다음 각자가 왜 그런 선택을 했는지를 살펴봐야 합니다. 그리고 이렇게 서로 갈등이 있을 때 우리는 이 문제를 어떻게 풀 수 있는가를 살펴봐야 합니다.

세 번째 관점은 지금 현실이 어떠냐는 것입니다. 현재 전선은 어느 정도 고착화되었고, 여기서부터 어느 쪽이든 진군을 하려면 엄청난 소모전과 희생을 치러야 합니다. 이럴 때 인명 피해와 재산 피해를 계속 감수할 것인가, 아니면 일단 멈추고 앞으로 대화를 통해 이 문제를 풀어 나갈 것인가를 선택해야 합니다. 평화를 지키기 위해서는 방어하는 힘도 필요합니다. 하지만 상대의 적개심을 누그러뜨리는 정책이야말로 가장 빠르고 안전하게 평화를 가져오는 방법입니다.

네 번째 관점은 자신이 입은 피해를 근거로 상대에 대한 폭력을 합리화해서는 안 된다는 것입니다. 인간에게는 내가 손해를 입었다는 이유로 '상대를 죽여도 좋다' 하고 정당화하는 굉장한 복수심이 있습니다. 이스라엘이 피해를 본 건 맞지만, 피해를 보았다는 이유로 팔레스타인 사람들 수만 명을 죽여도 된다는 정당성을 과연 가질 수 있을까요? 그런데 지금 이스라엘과 미국은 그런 복수가 정당하다고 어느 정도 인정을 하고 있어요. 그러나 이런 행위는 설령 전쟁 중이라 하더라도 정당성에 해당하지 않습니다. 즉 인도주의적 원칙에 어긋난다고 할 수 있습니다.

어떤 문제를 순간적인 분노로 대응해서는 올바른 해결책을 찾기가 어렵습니다. 어느 쪽을 편드는 관점이 아니라 더 이상의 희생을 막고 사람을 살린다는 관점에서 어떤 해결 방안이 있을지 생각해 보면 좋겠습니다.

제가 있는 정토회에서 음식이 부족한 곳에는 음식을 지원하고, 약품이 부족한 곳에는 약품을 지원하고, 학교가 없는 곳에는 학교를 지어 주는 활동을 하고 있습니다. 홍수 피해 지역, 지진 피해 지역도 계속 지원하고 있어요. 지난달에는 제가 미국을 방문하여 한반도의 긴장이 고조되는 가운데 전쟁으로 가지 않도록 하기 위해 백악관을 비롯하여 의회, 국무성, 국방성을 방문했고, 많은 NGO 단체, 싱크 탱크를 만났습니다. 제가 이런 일을 하는 이유도 전쟁의 비극을 미연에 예방하기 위해서입니다.

우리는 항상 비극적인 일이 일어나지 않도록 예방하는 일을 가장 먼저 해야 합니다. 평화 운동을 하는 곳에 기부를 하든지, 아니면 그 단체에 가서 직접 봉사를 하든지, 전쟁을 막기 위해 미국 대사관이나 여러 사이트에 전쟁을 막는 글을 올리든지 여러 방법이 있습니다. 만에 하나 분쟁이 생기면 빨리 멈추도록 노력해야 하고 그곳에서 고통받는 사람들을 어떻게 도울 것인가를 살펴야 합니다. 이런 식으로 할 수 있는 만큼 도우면 됩니다. 가만히 앉아서 걱정하는 것은 나에게도 남에게도 아무런 도움이 되지 않아요.

어떠한 것도 무력으로 해결하는 것은
옳지 않다는 관점을 뚜렷하게 가져야 합니다.
그런 다음 각자가 왜 그런 선택을 했는지를
살펴봐야 합니다.
그리고 이렇게 서로 갈등이 있을 때
우리는 이 문제를 어떻게 풀 수 있는가를
살펴봐야 합니다.

08

기후 위기를
막지 못할 것 같아요

　"기후 위기로 인간의 생존과 생태계가 위협을 받게 된다는
사실을 알고 두려움과 분노의 감정으로 힘들었습니다. 지금은
좀 더 이성적으로 생각하면서 제가 지금 할 수 있는 일들을 해야
겠다는 마음으로 작은 실천들을 해 나가고 있습니다. 그런데 두
려움과 분노의 감정이 줄어드니까 기후 위기 극복을 위한 실천
의욕이 떨어집니다. 현재의 대응 수준을 보았을 때 인간이 멸종
할 가능성이 높고, 제가 하는 일들이 결과를 바꾸지 못할 것이라
는 생각에 절망감과 포기하고 싶은 마음이 듭니다."

어차피 죽을 텐데 왜 열심히 살아요? 사람은 결국에는 죽잖아요. 이처럼 생각한다면 우리가 이렇게 열심히 사는 것은 결국 죽기 위해서 지금 열심히 사는 거예요. 재산은 무엇 때문에 열심히 모아요? 죽으면 아무것도 가져가지 못하는데요. 질문자처럼 생각하면 살아갈 의욕이 나지 않게 됩니다. 결국 자살하는 수밖에 없어요.

삶은 결과만 갖고 평가하는 것이 아닙니다. 삶은 과정이에요. 죽을 때 죽더라도 지금 우리는 하루하루를 살아가야 합니다. 인생의 결과는 죽음이에요. 결과만 갖고 평가한다면 우리는 다 죽을 뿐이잖아요. 삶을 과정으로 봐야 '어떤 삶을 살았느냐'에 우리가 보람을 가질 수 있습니다. 질문자의 관점은 어차피 죽을 테니 아무것도 안 하고 그냥 지금 죽는 편이 낫겠다는 생각과 비슷해요. 어차피 멸망할 거니까 그냥 내버려두면 멸망하지 않겠냐는 거죠.

우선 지금의 위기가 자연적으로 온 것이라면 그것을 담담하게 받아들이는 자세가 필요합니다. 그런데 이 위기가 인간의 소비 때문에 생긴 문제라면 우리는 이걸 극복할 수도 있습니다. 소비를 줄이면 희생을 최소화하면서 위기를 극복할 수 있어요. 그런데 이미 임계점을 넘어 버렸다면 우리가 노력해도 극복하지 못할 수도 있겠죠. 이럴 때 '안 되면 실패이고, 되면 성공이다' 이런 관점을 갖는 것은 너무 결과론적인 접근이 아닐까요? 삶이란 가능성을 향해서 하루하루 살아가는 것이라는 관점에서 기후 위기 문제를 바라보면 좋겠어요.

저는 환경 실천 운동을 하면서도 '이렇게 하면 기후 위기가 해결된다' 이런 생각은 하지 않습니다. '해결될 가능성이 있다' 이렇게 생각하죠. 해결이 어렵거나 희생을 막을 수 없다고 해서 아무것도 안 할 수는 없잖아요. 하는 데까지는 최선을 다해 봐야죠. 그렇게 해야 위기를 극복하든지, 위기가 오는 속도를 좀 늦추든지, 희생을 좀 적게 치를 가능성이 있으니까요.

지구온난화가 극복 가능하냐고 묻는다면 저는 극복하지 못하리라는 쪽에 오히려 좀 더 비중을 두는 편입니다. 물론 극복할 수도 있고 못할 수도 있지만 극복 못 할 가능성이 좀 더 높다고 봐요. 왜냐하면 지난 인류의 역사를 돌아볼 때 인간의 소비가 결코 멈추지 않고 계속 확대되었기 때문입니다.

예를 들어, 예전에는 냉장고의 소모 전력이 100와트였는데, 이제 기술 개발을 통해 50와트가 되었다고 해 봅시다. 얼핏 보면 절약이 된 것 같지만, 정작 냉장고 용량이 두 배, 세 배로 늘어나면 결국 총 소비량은 마찬가지예요.

이처럼 소비가 기하급수적으로 계속 늘어나고 있기 때문에 단순히 기술 개발을 통해 해결할 수 있는 문제는 아닙니다. 기술

개발은 지구 온난화의 속도를 좀 늦춰 준다고는 말할 수 있겠지만, 제가 보기에 근본적인 해결책은 아니에요.

근본적인 해결을 하려면 첫째, 소비를 줄여야 합니다. 둘째, 기술 개발을 통해 에너지를 적게 쓰도록 해야 합니다. 이 두 가지를 다 병행해야 합니다. 그런데 과학기술을 강조하는 사람들은 늘 기술 개발만으로 이 문제를 해결하려 합니다. 궁극적으로는 소비를 줄이는 운동과 기술 개발이라는 두 가지가 같이 가야 해요.

하지만 선진국을 모델로 하고 많이 생산해서 많이 쓰는 것이 잘사는 것이라는 기준을 갖고 있는 한 지구상의 모든 개발도상국들도 다 이 기준을 따라가려고 할 거예요. 중국과 인도처럼 인구가 많은 나라도 이 기준을 따라가려고 하겠죠. 이때 선진국들이 '우리는 이미 발전을 이루었으니 너희는 더 이상 발전하지 마라' 이렇게 말하는 것은 설득력이 없잖아요. 그러니 지금의 개발 지향적이고 소비 지향적인 가치관이야말로 모든 인류를 공멸로 이끄는 원인입니다. 선진국부터 일단 멈춰야 해요. '이게 좋은 게 아니다' 하고 앞서가 본 사람이 말을 해 줘야 합니다. 뒤따라오는 사람은 아직 본인이 안 가 봤으니까 '에이, 그래도 가 볼래' 이러면서 어느 정도는 따라올 거예요. 그러나 '굳이 이렇게 갈 필요가 없다' 하는 쪽으로 인류 사회 전체의 방향이 정해진다면, 뒤따르던 사람들도 속도를 점점 늦추다가 언젠가는 멈추게 될 거예요.

그런 관점에서 보면, 문명 전환은 기술 개발을 통해 오는 것이 아닙니다. '과연 어떤 것이 잘 사는 것인가'라고 하는 가치관의 문제가 먼저 잡혀야 해요. 가치관이 새롭게 정립되었을 때 새로운 분명이라고 말하는 겁니다. 새로운 문명은 지속 가능한 문명이 되어야 합니다. 그러나 아직도 전 세계에서는 더 많이 생산해서 더 많이 소비하는 것이 잘사는 것이라는 성장 중심의 논리가 계속 확산되고 있습니다.

궁극적인 변화를 일으키려면 삶의 대안을 만드는 게 필요해요. 작은 방에 살면서 옷도 적게 가지고 음식도 간단하게 먹으면서도 오히려 행복하고 재미있게 의미 있는 삶을 사는 사람들이 점점 늘어나면, 이것이 그냥 하나의 문화가 되고 부러움의 대상이 될 수 있습니다. 이렇게 되면 어떤 위기가 도래했을 때 '어, 저렇게 사는 길도 있네!'하며 생각이 확 바뀔 수가 있어요. 그러나 이런 모델이 없으면 변화는 어렵습니다.

가장 중요한 것은 우리 모두가 소비를 줄여 나가는 실천을 하는 것입니다. 또한 기후 위기를 막는 정책을 누가 선도해서 해 나갈 수가 있겠느냐는 관점에서 투표해야 합니다. 아마 소비를 줄이는 것보다 더 중요한 게 의식 있는 투표입니다. 정말 환경 위기를 생각한다면 환경 문제를 해결할 수 있는 쪽으로 투표 행위를 해야 하고, 평화 문제를 생각한다면 평화의 투표를 해야 하고, 불평등을 해소하려면 그 방향으로 투표를 해야 하고, 교육 문제를 생각한다면 그걸 해결할 수 있는 후보에게 투표를 해야 해요. 후보의 말만 보고 무작정 투표하지 말고, 그 사람이 살아온 경력을 살펴봐야 합니다. 경력을 보면 그 사람이 지금까지 어떻게 살아왔는지, 이 문제를 해결할 수 있을지 알 수 있잖아요.

이처럼 국민이 각성하지 않으면 100가지 처방을 내 봐야 아무 도움이 안 됩니다. 우리의 삶이 좀 바뀌어야 합니다. 그러지 않는 이상은 방법이 없어요. 지금 우리의 삶이 우리의 세상을 망쳐 가고 있는 거예요. 우리가 보는 눈이 없고, 듣는 귀가 없기 때문에 벌어지는 일입니다. 아무리 지식을 쌓고, 아무리 지위가 높아도, 이렇게 어리석기 때문에 선동에 끌려다니는 거예요. '대한민국 사람으로서 미래의 과제인 기후 위기를 앞으로 어떻게 해결해 나갈 것인가?' 이렇게 바라봐야 기후 위기를 극복해 나갈 수가 있습니다.

그러니 여러분은 미래를 조금 더 멀리 내다보기 바랍니다. 모든 걸 세상 탓하지 말고, 본인부터 실천해야 해요. 그러나 동시에 정치도 바꿔 나가야 하고, 기업 활동도 바꿔 나가야 하고, 시민의식도 바꿔 나가야 합니다. 기후 위기를 극복하려면 이렇게 종합적으로 생각하는 자세가 필요합니다.

삶은 결과만 갖고
평가하는 것이 아닙니다.
삶은 과정이에요.
죽을 때 죽더라도 지금 우리는
하루하루를 살아가야 합니다.
인생의 결과는 죽음이에요.
결과만 갖고 평가한다면
우리는 다 죽을 뿐이잖아요.
삶을 과정으로 봐야
'어떤 삶을 살았느냐'에
우리가 보람을 가질 수 있습니다.

법륜 스님의 청춘 멘토링

방황해도 괜찮아

초판 1쇄 인쇄 2024년 5월 23일
초판 1쇄 발행 2024년 5월 31일

지은이 법륜

펴낸이 김정숙
기획 이상옥 정연서
편집 김유나 이선후 이성훈 박해련
디자인 Design714
마케팅 조은서
제작처 금강인쇄
펴낸곳 정토출판
출판등록 1996년 5월 17일(제22-1008호)

주소 06652 서울특별시 서초구 효령로52길 42 (서초동)
전화 02-587-8991
전송 02-6442-8993
이메일 jungtobook@gmail.com
        http://book.jungto.org
ISBN 979-11-87297-67-3(03810)